泉州文庫

選堂題

（明）顏廷榘　著
楊　玲　點校

顏桃陵全集

泉州文庫整理出版委員會
商務印書館

前　言

泉州建制一千三百多年，爲中國歷史文化名城和古代海外交通的重要港口。“比屋弦誦，人文爲閩最”，素稱海濱鄒魯、文獻之邦。代有經邦緯國、出類拔萃之才，歐陽詹、曾公亮、蘇頌、蔡清、王慎中、俞大猷、李贄、鄭成功、李光地等一大批傑出人物留下了大量具有歷史、文學、藝術、哲學、軍事、經濟價值的文化遺産。據不完全統計，見載於史籍的著作家有一千四百二十六人，著作多達三千七百三十九種，其中唐五代二十九人三十二種，宋代二百人三百九十一種，元代二十一人四十種，明代五百三十六人一千五百八十五種，清代六百四十人一千六百九十一種；收入《四庫全書》一百一十五家一百六十四種，《四庫全書存目叢書》五十六家七十四種，《續修四庫全書》十四家十七種。二〇〇八年國務院頒布第一批國家珍貴古籍名録，屬泉人著述、出版者十三種。

遺憾的是，雖然泉州典籍贍富，每一時代都有一批重要著作相繼問世，但歷經歲月淘汰、劫難摧殘，加上庋藏環境不良，遺存至今十無二三，多成珍籍孤本。這些文化遺産，是歷史的見證，是泉州人民同時也是中華民族的寶貴文化財富，亟待搶救保護，古爲今用。

對泉州地方文獻的搜集與整理，最早有南宋嘉定年間的《清源文集》十卷，明萬曆二十五年《清源文獻》十八卷繼出，入清則有《清源文獻纂續合編》三十六卷問世。這些文獻彙編，或已佚失，或存本極少。二十世紀四十年代，泉州成立“晋江文獻整理委員會”，準備整理出版歷代泉人著作，因經費短缺未果。八十年代，地方文史界發起研究“泉州學”，再次計劃編輯地方文獻叢書，可惜後來也因爲各種條件的限制，其事遂寢。但是這兩次努力，爲地方文獻叢書的整理出版做了準備，留下了珍貴的文獻資料和書目彙編。

二〇〇五年三月，中共泉州市委、泉州市政府決定將地方文獻叢書出版工作列爲國民經濟和社會發展第十一個五年規劃的一項文化工程。翌年，正式成立“泉州地方典籍《泉州文庫》整理出版委員會”，着手對分散庋藏於全國各大圖書館及民間的古籍進行調查搜集，整理出《泉州文庫備考書目》二百六十七家六百一十四種，以後又陸續檢索出遺漏書目近百家一百八十餘種。經過省内外專家學者多次論證，最後篩選出一百五十部二百五十餘種著作，組成一套有一定規模、自成體系、比較完整，可以概括泉人著作風貌、反映泉州千餘年文化發展脉絡的地方文獻叢書，取名《泉州文庫》，二〇一一年起陸續出版發行。

整理出版《泉州文庫》的宗旨是：遵循國家的文化方針政策，保護和利用珍貴文獻典籍，以期繼承發揚中華民族優秀文化傳統，增進民族團結，維護國家統一，提高民族自信心和凝聚力，加强社會主義核心價值體系建設，增强文化軟實力，爲泉州的物質文明和精神文明建設服務。

《泉州文庫》始唐迄清，原著點校，收録標準着眼於學術性、科學性、文學性、地域性、原創性、權威性，具有全國重要影響和著名歷史人物的代表作優先。所録著作涵蓋泉州各縣（市、區），包括金門縣及歷史上泉州府屬同安縣，曾在泉州任職、寄寓、活動過的非泉籍人氏的作品，則取其内容與泉州密切相關的專門著作。文庫採用繁體字横排印刷，内容涉及政治、經濟、歷史、地理、哲學、宗教、軍事、語言文字、文化教育、文學藝術、科學技術等領域，其中不乏孤稀珍罕舊槧秘笈，堪稱温陵文獻之幟志。

值此《泉州文庫》出版之際，謹向各支持單位、個人和參加點校的專家學者表示誠摯的感謝！由於涉及的學科和内容至爲廣泛，工作底本每有蛀蝕脱漏，加之書成衆手，雖經反復校勘，但限於水平，不足或錯誤之處還是難免，敬請讀者批評指教。

泉州地方典籍《泉州文庫》整理出版委員會

二〇一一年三月

整理凡例

一、《泉州文庫》(以下簡稱“文庫”)收録對象爲有關泉州的專門著作和泉州籍人士(包括長期寓居泉州的著名人物)著作,地域範圍爲泉州一府七縣,即晋江(包括現在的晋江市、石獅市、鯉城區、豐澤區、洛江區)、南安、惠安(包括泉港區)、同安(包括金門縣)、安溪、永春、德化。成書下限爲一九四九年九月以前(個别選題酌情下延)。選題内容以文學藝術、歷史、地理、哲學、政治、軍事、科技、語言教育等文化典籍爲主,以發掘珍本、孤本爲重點,有全國性影響、學術價值高、富有原創性著作優先,兼及零散資料匯總。

二、每種著作盡量收集不同版本進行比較,選擇其中年代較早、内容完整、校刻最精的版本爲工作底本,并與有關史籍、筆記、文集、叢書參校,文字擇善而從。

三、尊重原著,作者原有注釋與説明文字概予保留。後來增加者,則視其價值取捨。

四、凡底本訛誤衍漏,增字以[ ]表示,正字以( )表示,難辨或無法補正的缺脱文字以□表示,明顯錯字徑直改正,均不作校記。

五、凡底本與其他版本文字差異,各有所長,取捨兩難,或原文脱訛嚴重致點讀困難,或史實明顯錯誤者,正文仍從底本,而於篇末校勘記中説明。

六、凡人名、地名、官名脱誤者,均予改正,訛誤而又查不到出處之人名、地名、官名及少數民族部落名同異譯者,依原文不予改動。

七、少數民族名稱凡帶有侮辱性的字樣,除舊史中習見的泛稱以外,均加引號以示區别,并於校記中説明。

八、標點符號執行一九九六年實施的國家《標點符號用法》。文庫點校循新版二十四史及《清史稿》例,一般不使用破折號和省略號。

九、原文不分段者，按文意自然分段。

十、凡異體字、俗體字、通假字，如非人名、地名，改動又無關文旨者，一般改爲通用字；異體字已經約定俗成、容易辨認者不改。個别著作爲保持原本文字語言風貌，其通假字則不校改。

十一、避諱字、缺筆字盡量改正。早期因避諱所産生的詞彙成爲習慣者不改正。

十二、古籍行文中涉及國家、朝廷、皇帝、上司、宗族等所用抬頭格式均予取消。

十三、文庫一般一册收録一種著作，篇幅小的著作由兩種或若干種組成一册，篇幅大的著作則分成兩册或若干册。

十四、文庫採用横排、繁體字印刷出版。每册前置前言、凡例。每種著作仿《四庫全書》提要之例，由編者撰寫《校點後記》，簡略介紹作者生平、著作内容及評價、版本情況，説明其他需要説明的問題。

泉州地方典籍《泉州文庫》整理出版委員會辦公室

二〇〇七年二月五日

目　録

顏桃陵詩集

燕南寓稿序

顔範卿先生與黄山人孔昭，並以能詩聲屈稷下也。余自勝帶耳先生，今始合並于燕南。其時先生自江州司馬移參大寧幕，帥武人，無足燥先生吻。而中丞御史臺治兵使者，日就先生請操紙，或委軍廳他寮爲墨客，自置左右。郡邑大夫幸從先生丐卑辭，先生不忍謝絶。故其爲詩，即事散懷，鳴所自得者十九，而代言者十一；文則代者十八，而自鳴者十二。文自左、馬、莊、騷，無所不窺，而引繩墨名一家，不追趨逐嗜，爲捧心者倫。詩和平穆如，務軌漢魏之轍。其爲近體，無論大曆，駸駸乎拾遺、右丞諸人流亞矣。始先生居江州，嘗以餘閑，駢孔昭，躡匡廬，俯彭蠡，爲倡和詩。學士既傳誦之。其《北游》、《金陵》諸稿咸未傳，獨先傳《燕南》，則退之所稱子厚斥久窮極而著書自見者云。間者，余從京師來，其時先生業已出寓稿，授副墨，而又三年棲遲，縹囊日盛，或梓人成功，遞有訂竄，即竟棄置故簡，不要諸眇詣不止。先生所謂天下和同，雖賢者無所施巧，而大隱閑曹，若去若就，若潔若辱，託物弛念，以成其好，若嵇生寄傲於行吟，蒙周逍遥於寓言，誠不在修辭，斯所名寓言本旨哉。而要以秘思妍詞，獨步登壇，微斯又安所取之也。先生修身潔行，才靡不辦，而仕郡司馬及參謀咸抑其志不得效。嘗因守府大夫畫三輔便宜計，偕武士條邊事，咸至言深論，嫻於治亂。兹稿固獨不載，豈以憂世之思，非所取於寓詞託諷者而置之耶？乃其仕若遇合，則先生自以古文古道，寡偶當世。即五年參謀，而岷相國焉，不自嗟不遇，又楚地多名山大澤，寧無有好奇之士，遁迹王門，若枚乘、鄒陽者，與先生轉轂衡陽，倡和洞庭者乎？顧余獨惟先生才美三徙而不一試，徒以文字聲施縉紳間，手其稿輒三四歎。嗟乎！謂誼浮華荆南遠投，斯又一楚也，惜哉！

同郡翁仲益受甫撰

題楚游草序

余從叔玄昆季游也，則聞閩南高士有顔範卿先生，手其詩甚習，大都温厚沖雅，不落世套，慨然想見其人。頃先生來滸上，余因邂逅屨杖，風雨盤桓，則又習知先生其人，已慨乎其詩矣。先是，宦轍所至，有《匡廬》、《燕南》諸稿，業固已傳。獨《楚游草》累累篋中，先生授余卒業。嗟乎！長沙太傅，三閭宗臣，豈不稱奇士哉！遇非其時，棄置草莽，則託物賦言，凄惋天地，何其不自得也。今先生相岷，設醴左席，折簡西園，長篇短歌，諷諷多自得之致，殆仿佛鄒、枚。世知先生乎，不知先生乎？詩可質已。

雲間陸應陽撰

楚游草序

昔韓退之有言，和平之音淡薄，而愁思之聲要妙；歡愉之詞難工，而窮苦之言易好。余始卒讀，而心疑之。夫説詩之道詳矣，大要温厚爾雅，各得其性之近，而適其情之所至，皆足以宣人心而暢來世。非必要妙而後工，亦非必和平而後不工也；非必遇而後和平，亦非必不遇而後不和平也。各得其得爾矣，各適其適爾矣。古今所稱大雅，若陶元亮、少陵、青蓮之數君子者，皆以其骯髒不遇之志託於詩，而略無悁忿怨懟壹邑侘傺之態。要其爲聲，雖陶之於適，杜之於雅，李之於逸，各成一家言，而不失性情之理一也，豈以遇哉？輓近世猥依者流，日取形聲而耳目之，輒或當歌而痛哭，無情而强歡，自謂杜陵肖子，彭澤叔孫，既已濫觴作者之場，而其究也，乃有爲詩必窮而後工之説，皆韓氏之餘也，其於性情之理不已疏乎？吾邑範卿先生，束髮讀書，以明經起家，爲江州别駕，已謫大寧司士，已爲岷王左史，已而賦歸。所至遇合甲乙，必以詩鳴，而皆歸之性情，不迫不怨，舂容修散之氣，見於言外，若所謂《楚游草》者。且余聞之，楚多山水，蘭芷芳杜，往往賢者所託。如三閭大夫行吟澤畔，凄切而沉憂，賈太傅過而吊之，卒自傷竟死。此所謂窮苦愁思，與遇俱化者邪？乃閲漢史，枚乘授簡梁園，遂爲國祭酒，雖或志業寥無足聞，乃一時文章遇主之盛，則上古未有也。今先生所處，去梁園遠甚，而其諷咏自得，不爲外物一切所攖，視《懷沙》、《吊屈》諸賦爲過之。夫遇之不足以盡人也，人之不足以盡遇也，則斯録可睹矣。先生於予爲父行，余得習其杖屨。先生雪髯毿毿，兩頰作桃花色，尚晝夜伊吾不廢也。既未老，其可量乎！先生故有《匡廬》、《燕南》諸稿，皆已行。余既抱關入吴，乃特探《楚游草》，序而刻之如此。《歸田集》、《汗漫草》尚數種，當見他識。

同邑李開藻叔玄甫撰

叢桂山堂近稿序

往與友人談匡谷、廬阜之勝，則及治郡循良名宦，則有閩中顔桃陵先生，嘗爲九江别駕，乃名宦中一人也。先生素負磊塊，淡泊聲華，擘畫不勞，而郡閣事不足當辰卯一署。公餘多暇，則寄興於耽詩好客間，灑然會心，其在柴桑里乎！當事者評之曰：詩酒爲家，賓客盈門。遂謫爲北平參軍。父老送者各揮涕曰："公清如水，請酌一杯水奉餞。"當日行色，飄然若仙。既在北平，又以耽詩好客故，爲當事者所異，轉爲左史，輔導岷藩，相得甚歡。夫以一桃陵先生，疏散慷慨於天地間，何妨官事，何妨民事。以文墨視之則隘，以意視之則弘，一桃陵先生曷有異致？歸而家徒壁立，亦猶賦詩臨池自娱。學士大夫置榻伸紙，倒履争迎，以得一接見爲幸，得一片楮隻字如獲拱璧，優游林下三十餘年。造化清福，所得者全，風雅高標，所及者遠。今不敏成奉教於大守丞李天放公祖，得先生集讀之，有《匡廬倡和》、《燕南》、《楚游集》，有《叢桂山房近稿》。竊見先生凌霄揭日，壓嶽吞溟，其人之品格如其文；弄風吟月，傍花隨柳，其文之韻致如其人。先生仲公叔野，李公快婿也。仲公長才大器，光昭庭聞。造化畀先生厚，而先生爲風雅宗，高山仰止，所忻慕焉。彭子曰：桃陵先生，沉酣墳典，門堂漢魏，此其游戲翰墨，如晏元獻小詞，偶然自喜，而爲爾世儒言，在飛龍前行，出跛鱉後。觀桃陵先生治九江郡清如水，當爲之再賦廬山，高視一官爲真隱，每於可競之地，輒以不競勝之。壽近期頤，咨其豐韻，桃陵先生豈徒爲能言之聖哉！君家先太師貞卿，刻姓名於石，或置之高山之上，或沉之大洲之底，則仲公輩其圖之，俾與斯集共留天地間可也。

廬陵彭惟成撰

叢桂山堂近稿序

吾友顔範卿，有《匡廬唱和》、《燕南》、《楚游草》行於世矣。此《叢桂山堂近稿》也。範卿居恒不治家人産，唯以風雅臨池自娱，佐九江，相岷府，所至冷局，無簿領鞅掌爲使。退食之閑，搜故籍，抽新胄，濡筆研，與騷人墨客，風高臨流相唱酬。所入俸錢，散之知舊，槖中羞澀不問也。歸田三十餘年，家徒四壁立，而嘯咏之聲不輟。薦紳學士，誰不擊節範卿也者。得一咏一草，以汲冢珍之，而紙爲貴，一屈至其庭，自詫爲千載奇遘。於是詩踰奇，筆踰工，而山房之草日滿笥。余自丁未秋别而之楚，越五載，而範卿没矣，時年九十有三。余思範卿仙人也，復見而不可得。兹以量移過九江，覽匡廬形勝，因憶其宦游故迹，曰：安得起範卿而與之偕乎？曾手一律志之。比視廬郡，署安城，吾婿叔野，範卿仲子也，能詩文，有父風，偕余子喬楫，同舟唱和，並輯次是稿，訪余署中出之，袖以示余。予捧讀久之，恍若見範卿也者。範卿詩曹、劉乎？沈、謝乎？李、杜乎？自一家言乎？隻眼者當自别之。顧予雅嗜範卿詩，範卿詩有同嗜者，烏可以無傳？乃梓而爲之序。

姻友李雲階撰

目　録

顔桃陵詩集卷一

五言古詩

讀周司諫恤刑疏

朝上黄金臺，遥遥望金門。門下列諫省，左右通掖垣。司諫秉直節，冥心探化原。所重惟民命，明欲揭覆盆。勿令生幸免，而致死含冤。下吏軍司士，哀矜情斯存。仰視貫索星，載誦祥刑言。奉以理軍聽，安敢持兩端。而況四海内，庶獄一何煩。疇能平其心，明允如周官。

讀孫中丞聯泉公和陶詩

淵明参鎮軍，始仕亦爲貧。弦歌八十日，解綬謝世塵。嗜酒固其性，賦詩亦天真。子瞻在惠州，追和意頗勤。不獨愛其詞，千載見其人。繄公亦嗣奇，匪伊論心迹。作者各有意，所貴在自適。榆林昔開府，不戰自走敵。再命督河堧，皇皇憂民溺。歸來理荒園，居閑何夷懌！憂樂固異時，此情寧有極。而予亦畸人，幕府慚爲客。田園久已蕪，何事爲物役？

題張旭峰大夫榮養卷二首言榮封一。

幽蘭生邃谷，迺爲王者香。葛藟庇本根，物性固其常。伊人秉貞則，居然出南鄉。庭訓夙有聞，用汲待明王。秩不後大夫，榮及梓與桑。邦君可敵貴，博士道彌光。公父嘗爲學職。顯親既有子，林風一何長。

其　二言歸養。

伊昔别親時，但言歸不暮。馳驅二十年，歲月忽已度。白雲翔南天，親舍在其下。烏鳥尚懷私,誰能忘跬步!有父不遑將,萬鍾何足慕!來日不可期,去日不可駐。欲展歡娱情,惻惻懷中疏。

代簡答賴觀察

瀛海自潮汐,一盈復一虚。津門接雲漢,壯哉奠皇居!離明啓南户,岱宗表青徐。南通吴會舸,北走齊魯車。分臺重憲臣,祇畏有簡書。公來春夏交,草澤方沮洳。秉法肅群吏,宣風及四隅。海波静不揚,霖雨膏菑畬。畿輔既胥康,皇情亦以舒。嗟余實譾劣,局間分宜居。田園久已荒,終當返舊廬。在貴不忘賤,托情雙鯉魚。開緘二四讀,感極復長吁。我如菅與蒯,君如璠與璵。寸心既以照,千里詎云疏。

雛　鳳　吟

爲侣雙鳳凰,翩翩同翱翔。中道一分拆,孤鳴何徬徨!猶憐翼下雛,飲啄向修篁。一朝羽翮長,相將至高岡。白日忽已晚,歸棲阿閣傍。故巢有遺毛,文明爲國祥。感此獨興嗟,擊節賦斯章。

感　　夢

緊昔在潯陽,良友棄予逝。屬纊淚未收,割情趨王事。時以臺檄攝建昌府事。歸時屬杪秋,入室只虚位。弱女念母慈,廢食顔憔悴。幼兒有至性,匍匐起復跪。令我心欲絶,不飲長如醉。日居復月諸,奄忽已數歲。汝魄返故工,我行靡所至。鄉園日枉念,狗禄未能去。今夕是何夕,忽復入夢寐。宛若平生容,安知死生際。晨興爲爾諱,掩抑空垂淚。

巖壑鳴琴圖

人生分不齊,所願難俱足。榮禄有畏途,山棲寡清福。賢者多違世,林泉諒攸屬。或爲饑所驅,出山謁州牧。達官與時遘,東西如轉轂。常負白雲期,安能遂初服？考盤聞有咏，圖繪空在目。泉流洞壑深，松覆陰崖緑。凉風吹角巾，素月冷秋谷。鳴琴再三弄，泠泠對孤鶴。嗟此圖中人，置身在寥廓。雖非滄霞侣，高蹤豈諧俗。靦之有汗顔，歸耕恨不速。

明鏡篇贈保定李春臺郡憲

臺中有明鏡，如月揚秋宵。精涵内自朗，纖翳無由交。自公得此寶，羅綺三重包。持以照肝膽，魍魎安敢驕？矧兹士女顔，妍媸隨形邀。賢者不在貌，於中慕姒姚。縞衣可同歸，冶容徒爲妖。聞公將去郡，早晚登廟朝。明明有元后，淑問咨臯陶。睿鑒在知人，其難稱聖堯。願公常自照，千里察秋毫。

貞節篇爲河間董郡憲祖母作

貞女始字時，如彼金石交。爲金尚可鑠，爲石尚可雕。一醮終不移，百年猶暮朝。豈以死生故，而忍負久要。捐生諒非難，所重在承祧。慈親復見憐，兒女稚且嬌。弟兄爲具餐，强食以自療。綦履不出門，朝績至深宵。日月倏云邁，素髮忽已髟。男室女有家，諸孫復垂髫。授書得范滂，作誡類班昭。萱草樹北堂，儀鳳應虞韶。望期方委化，同穴歸山椒。

易水别梁莘田博士

君自廣平來，秋氣正蕭爽。易水今携手，彼此慰心想。頗出所著書，而非時所尚。豈無同調者，異代猶見賞。况當休明世，爾駕不可枉。志潔履自矜，道高意益廣。我行猶曳裾，仁義相勉强。君歸豈寂寞，所樂有吾黨。

翁受甫誕日

君年十四五，爆然有聲稱。於兹已踰立，仿佛似老成。名已通金閨，少貶道自亨。爲優仕而學，理咏和其情。珪璋雖特達，追琢美乃呈。而余如濩落，刳中何所盛。亦慮以爲樽，洪湖老此生。豈若盛年人，如日方東征。日月亦易擲，勉之在夙興。君其飲此酒，名德願俱升。

聞客談雲山之勝，欣然有作

雲山七十峰，矗立何相繆。日月開兩華，恍惚金銀樓。丹梯不可攀，飛梁如穹輈。晦明忽以殊，朝暮爲春秋。緊昔盧侯生，避秦山之幽。一朝成羽翰，白日凌丹丘。世人皆有戀，可慕不可求。而余偶爾聞，神與雲俱游。且待風日佳，理屐結我儔。不辭嶺路艱，山中恣冥搜。仙人如可逢，揮手謝王侯。

同陳武岡宴游寶方山作

法界開寶方，靈府通諸洞。洞雲時吞吐，神物中攸藏去聲。千章盡扶疏，群石信多狀。鎸畫苔半蝕，洗剥猶可誦。古今人豈殊，玄理均有尚。良辰天氣清，明牧偶有期。佳期予不爽，紆迴沿山陂。至則藉草坐，不復辨章儀。登高曾有賦，探幽亦忘疲。樂只以名亭，毋忘南山詩。

補衮圖贈李常所郡守公自給諫出守寶慶，故有是贈。

窈窕女士姿，孕秀自南國。明詩且習禮，蘭風自清穆。緊昔入漢宫，光彩奪人目。曾蒙君王顧，置之黄金屋。寵深不恃恩，情至有忠告。寧辭補衮勤，蚤夜秉明燭。胡然中乖離，洞房自幽獨。夢寐接笑顔，歡愛猶如昨。長門一何深，起坐待晨旭。尚懸針縷心，中情何由續。

瑞芝篇爲曹侍御封君賦。

天瑞有慶雲，地瑞有芝草。五色相輪囷，三秀亦鮮好。文明在國家，匪徒效天巧。曹父宴好修，氣和真自葆。靈芝産堂坳，塵垢浄如掃。是時公伯子，計偕春官考。射策得高第，登賢爲國寶。於今立臺端，秋日同皜皜。何期芝復生，曄曄嚮晴昊。仲氏如小陸，有孫亦文藻。聯翩游上庠，六籍恣論討。瑰瑰豈輕售，騄駬寧伏皂。物兆自有先，彰類乃顯道。

縫裳女

貧家縫裳女，盈筐縠與帛。問女爲誰縫，東鄰高第宅。值兹歲序交，督促無停刻。不敢自告勞，針縷迸刀尺。人情方好新，棄置不復惜。念此徒自嗟，攬衣雙淚滴。

讀魏伯子太和游稿

巍峨太和山，獨出五嶽外。其神爲玄武，祀典古未載。昭代表位號，禮秩始尊貴。厥靈何赫奕，匍匐走宇内。天門何峻絶，陟者自心悸。鐵繩相鉤連，攀援如蟻隊。但知神之靈，禍福爲足畏。誰能爲天游，一覽與心會。是時魏伯子，内境廓無礙。遥望江漢流，紆迴如佩帶。山雲出袖中，雨澤一時霈。觀其所著篇，玄機獨參對。吾亦慕名山，夢寐光景在。何由共攀迹，夙願方始慰。

貞烈篇有序

貞烈者，南安守鄭公舜道女也，許字御史中丞陳公季子，未歸而季子死，女爲不食亦死，稱貞烈云。

窈窕宦門女，德容自静正。幽蘭以爲質，有言合至性。早爲父母憐，鳳卜祥已定。待期在深閨，將婚未及迎。有美陳公子，彬彬著文行。麒麟空出世，早喪詎非命。女聞絶復甦，神已逐郎魂。誓言必相從，飲泣聲自吞。但願見舅姑，與郎同丘墳。舅姑涕雙垂，解慰有慈言。女心終不渝，得死猶生存。大義既自決，忍絶父母恩。閉口自絶粒，已矣復何云？古人亦有言，不以存亡易。已聘即郎婦，貞心如金石。嗟哉女誠烈，人紀兹勿失。誰云非中道，同穴猶同室。

竹林

晉士尚清虚，高談玄冥際。竹林七賢人，嵇阮乃其最。杯斝日沉湎，傲睨人間世。但期盡一醉，曠然小天地。夫何山與王，頗亦乖清議。延之《五君咏》，於此有軒輊。

洛　社

出處固有時，歲月亦易擲。從衰乃得白，老至方處佚。羨彼洛中英，樂此耆年集。耄耋稱大老，賢者知止息。無論昔異趨，但言今共適。勝事余所欽，托素見容色。

早閑庵爲綏寧王題。

人生苦不足，出門各有營。不知所税駕，徒爾勞其生。所以古達人，一飽不求盈。况乃神明胄，豐爵夙所膺。如懷千歲憂，反爲識者輕。生勞老始佚，南華有遺經。猶恨閑不早，百慮尚見攖。尚平慮已遣，牟子志乃成。所貴惟知命，安居何在名？

今是軒將别綏寧王作。

王子慕山居，因山結茅屋。名軒曰今是，返顧懼猶昨。緊昔盛年時，豪氣相凌薄。但欽鍾鼎榮，安識布與粟。於今近五十，萬事盡拓落。身雖在殿宇，心乃在巖壑。而余緊何人，吏隱狗微禄。閑從静者游，常懷返初服。兹焉方解組，真若脱桎梏。欣承竹林招，不辭深杯酌。從兹一分手，遥謝軒中鶴。

典膳李輔奉表入賀，蒙恩錫宴繪圖以歸，時余將解授去岷，作詩示輔

昔余中歲時，獻書明光殿。肅皇在西内，無由覲聖面。挾書游南雍，屢蹈文場戰。穆宗初御宇，拜官歲已晏。爲吏十餘年，坎坷寒豈變。去年爲王傅，誤蒙睿情眷。今兹已倦游，賦歸理荒甸。遥遥望紫宸，去去空懷戀。李子掌王羞，官微職易見。入賀萬壽節，來往皆乘傳。篤親禮獨隆，頒賞復錫宴。歸來侈盛事，圖繪滿緗絹。天門儼九重，鳴鞭掣迅電。敬哉供爾職，來歲復朝獻。

謁盧侯二僊祠

我聞先秦時，爰有盧侯生。秦皇遣入海，安得到蓬瀛。神人不可招，濁世方淫刑。潛逃避其虐，誅茅入林菁。燒丹大火飛，歲久道乃成。求者再三至，蟬蜕游冥冥。至今雲山中，仿佛見其形。去地不尋丈，泠然御風行。而我來都梁，尚苦塵累攖。兹幸解組綬，結伴叩巖扃。林深路綿邈，雲石空瑩瑩。無由得仙詮，但聞流泉聲。

領兒早至赤壁謁蘇長公祠歸舟中作

山月晨未没，乘舠越江鄉。言尋古赤壁，遠在水一方。平生尚友心，懷允不能忘。兹來豈獨往，兒子在後行。瞻禮長公祠，顧影猶彷徨。載誦明月詩，恍若同翱翔。馮夷窟宅幽，水光何蒼蒼。人代雖已殊，風月猶故常。不獨感自今，古人有餘傷。忽焉海色動，歸舟信風揚。但慰覽古情，安辭道路長。

王都昌獻甫招游謝公石壁精舍遺址

蒼壁含朝暉，石根浸湖水。地緣昔賢重，名爲今人喜。歸舟過團山，因訪謝公址。王令與我期，風雨期復徙。今晨天氣清，秋波且澄沚。理楫携諸英，登覽復降止。精舍久蓁莽，劖石再墮毁。緬懷康樂公，景行北地李。舊有謝公刻“石壁精舍”四字，嵌壁間，李公游時已無存，補之又失。高蹤邈難攀，神情諒在此。攝生誠有道，違時焉足耻。請觀五石瓠，江湖必吾以。

過彭蠡湖

浹旬泊團山，崇朝越彭蠡。三山如浮漚，五老相毗倚。四望渺無涘，東流伊何抵。是時屬孟秋，白露方泥泥。葭菼萋以緑，菰麥盡爲米。采蘋薦番君，臨風吊烈士。嗟余昔從事，扁心戰讋詆。風波以爲虞，未敢濯清泚。今兹自倦游，匪緣席無醴。滄浪欲嗣歌，側耳從巢洗。

貽黄醫生

自余别江州,於兹甫一紀。黄生復來見,口但含兩齒。問年八十餘,日可行百里。江邊無杞菊,安能健如此。言昔古軒岐,養生有妙旨。得之獲長年,此事誠可喜。惟念歸田園,與游必鹿豕。木樗無斬伐,生全固常理。仙方雖可傳,於我亦無取。

寄謝蔡念所方伯

陋巷余所居,守道如握瑾。不敢自求售,中歲方序進。政府不上書,隨分領一命。時公爲御史,風裁聳觀聽。謂余吏桑梓,破格謬恭敬。非籍朋友譽,神交已先定。戒我避忌諱,誨我勉從政。予愚且技癢,終焉爲時病。左官滯軍司,不才當棄擯。公後持斧來,不叩響自應。每於大僚前,所譽不爲佞。是時權相門,無人不趨競。惟公獨愛禮,不以私求幸。遂出副外臺,明將衹帝命。而余樗櫟材,吏隱吾自稱。王門仁義存,曳裾豈非幸。歸耕廿餘載,既耄力不任。幸猶未甚頹,吟咏發吾性。司寇詹汝欽,太守林登卿。賴有二友生,唱和壎篪並。暮年獲同聲,行樂乃真勝。

輓大中丞郭公希所

周南諸大夫,《羔羊》咏正直。公乎際清朝,矯矯世獨立。况其所陳疏,乃在少年日。賈生屈長沙,公出旋復入。迴天諫已行,猶云光聖德。西樞秉國憲,百寮衹爲則。内難已就吉,廟堂望柱石。亞卿承帝命,不禄堪太息。出處且莫論,幽明傷永隔。

題濟川圖爲郡理伍侯壽

川流浩無涯,欲涉有所待。沙棠以爲舟,桂楫宜先戒。二物既已具,中流可擊汰。既涉無廣川,安得有患害。古之築巖人,曾爲帝所貴。夢寐非偶然,商室有攸賴。曠世必生賢，何曾假異代。伍侯誠楚材，弘濟斯具在。帝德本好生，皋陶種亦邁。理郡今如斯，升朝熙帝載。爲壽期無疆，四海咸康艾。

贈方士昭游南粤

荀江鍾多賢，似彼高陽族。方子鄉後生，如玉不碌碌。幼從尊人游，往彼尉佗國。軒冕非所慕，騷雅情攸屬。又思九垓蹤，方外無拘束。神力雖未全，遠志良有託。歸來見慈親，道氣生眉目。懷中無黄金，囊中有珠玉。聞余老尚存，非仙又非俗。迢遞遠相過，有問何以告。至人視嬰兒，孝子念顧復。

贈余山人

出門厭塵紛，林居甘自老。偶爾到城郭，朋儕相尋討。同心半没存，感歎食不飽。何意得余君，相見恨不早。逢居僅數椽，塵蹤浄於掃。有琴閑自彈，有籍静自考。日惟對古人，不慕官爵好。窮巷席爲門，時有車馬造。至則解襟帶，笑談兩傾倒。我耄君尚壯，如日有杲杲。但願各努力，慎勿徒草草。大雅如不頹，千載此懷抱。

魁星巖十二景詩[1]

萬松巢鶴

松風瑟瑟復蕭蕭，有鶴翩然下碧霄。雲際危巢千歲結，空中清唳一天遥。靈雛拂羽金花墮，紫蔦牽絲白雲飄。自是瀛洲仙品異，騫飛安肯受人招。

斗石鍾靈

有石方稜天削成，祥光夜夜使人驚。非幹寶藏騰虹氣，直是魁星煽斗精。袍笏幾人同下拜，圖書百代啓文明。而今准擬山中客，猶見臨軒策士名。

竹塢佛泉

泉聲何處滴泠泠，苦竹叢邊空自青。洑地已知隨佛幻，出山猶似隔林聽。他年卓錫曾留偈，此日摩崖信有靈。惟是真源流不絶，遥分一派到巖扃。

梅盤仙榻

爲問梅花開未曾，傍巖仙榻碧層層。蕊含太古千年雪，枝壓玄冬一片冰。笑日迎風歡共索，香魂入夢夜相仍。亦知只在人間世，青鳥西飛杳莫憑。

茂林幔緑

祇樹成林翠影交，紆迴石磴出寒梢。真如色界深垂幔，遍稱高僧小結茅。穿葉斜曛還縷縷，近人啼鳥故嘐嘐。坐來不覺神先醒，猶聽鐘聲雲外敲。

吟臺懸壁

懸壁臺高樹十尋，虬枝可接薜蘿深。一雙短屐何人著，盡日清風相對吟。題處雲霞分不散，歸時星斗已平臨。從教苔蝕鏘金句，豈换幽人塵外心。

廣庭秋月

百步庭寬釋子家，清輝那得片雲遮。禪關閉卻琉璃地，桂殿飄來金粟花。漠漠空中渾是色，娟娟夜半忽生華。何期此夕同互度，坐對參横銀漢斜。

烟蘿鳥道

青蘿如帶樹如篝，誰共攀援到上頭？緣壁宜從飛鳥度，憑虚何異挾仙游。藤花落地無人覺，石角鈎衣不自由。天亦好奇頻作意，探幽于我復何求！

半嶺迎雲

晴雲褭褭斷仍連，嶺畔逢人不避肩。出岫無心元自懶，還山底事復相先。爲衣似學仙人製，布地真宜静者眠。拂卻又來携滿袖，上方好去共安禪。

山陰禊迹

先輩風流擬二王，每逢上巳沐蘭湯。微茫初辨苔間字，惆悵難忘竹下觴。曲水已迷空草徑，緑陰無那又斜陽。山僧猶自能尋覓，指點遺蹤有景光。

曲澗春流

瀑聲泉響出巖阿，一派飛流涌漫波。春晚憐花浮水去，月明倚棹待僧過。尋源窈窕遲歸路，濯足清漣發浩歌。陵谷桑田都莫問，眼前大地有山河。

崆峒通玄

深山寂歷無人到，滿路參差開碧桃。石扇無風原自闔，洞天有竅偶然遭。松光影亂雲根動，泉竇聲深水氣高。不是玄關今始透，誰知蠻觸戰空豪。

七言古詩

題李貞庵先生草堂長句先生名元頤,完人,漢中司理。

北方學者今誰是,燕趙之間有李子。非聖之書不在眼,那得駢拇與枝指。一自杖策出故山,天上飛龍欲手攀。時乎會逢且未倡,俯首爲吏風塵間。餔糟歠醨亦可醉,浮雲過眼何足累。世喜鷹鸇棄祥鸞,一任衆犬同聲吠。歸來但携一束書,猶有先人舊時廬。石田力耕亦可飽,黄花滿徑松窗虚。箕山潁水風自清,古人豈爲身後名。郊犧被錦日趨滌,何如天外鴻冥冥。鴻飛冥冥從此逝,今人古人亦相似。世上是非都不聞,猶自留情在文史。我亦江湖澹蕩人,偶落塵網將十春。蒲陰曾過高士宅,一見心期還自親。

洗兒歌爲康明府賦康庚戌進士,爲吴縣令。

明府有酒莫浪開,我與不速之客三人來。曾聞君家有喜氣,莫是月朗孕珠胎。明府拍掌向我笑,夜來生兒下地叫。黎人舉火亦爾爲,且喜眉眼與爺肖。我言此兒是鳳雛,又如千里之神駒。一官偃蹇不足恨,萬頃附郭欲何如。衆賓莫辭且復坐,洗兒無錢手空唾。惟是祥烟繞筆生,詩成好向堂前賀。

鳴琴愛日歌爲孫完縣賦

濡水曲流古完縣,昔日淳風今已緬。問誰爲令有孫侯,漢代循良今再見。孫侯爲政本至誠,士有學舍賦有程。公庭無訟自不擾,但聞堂上鳴琴聲。七弦泠泠熏風扇,禾黍離離滿芳甸。縣中士女起謳歌,堂上雙親樂清燕。孫侯至性孝且仁,當年勸駕何殷勤。常禄今足供甘旨,鬱金之酒白玉鱗。行年七十並矯矯,百歲光陰迅飛鳥。不願千金致壽筵,但願花間日長曉。

古調琴歌贈李大夫

我有七尺孤桐琴,徽金軫玉流泉音。三年不彈囊不解,抱膝仰天空長吟。

我聞上世有其曲,乃是神人之所作。鼎湖龍升不可攀,華胥風遠何沕穆。深山野人鹿豕儦,蕢桴土鼓《康衢謡》。堯舜禪受巢許隱,《雲門》、《咸池》俱寂寥。有時三弄斷復續,川泳雲飛意自足。松間石上月來時,自有幽人夜剥啄。大夫家居在東魯,太山巖巖何其古。偶聞此曲心獨歡,邀我臨流更一鼓。曲中相對兩無言,一雙白鶴向空舞。

龍蝦圖爲陳別駕題

東海有物頭如龍,眼光炯炯須戟鋒。不能噓氣作雲雨,浴日朝斗隨濤洶。此物由來本異象,亦於水族稱雄長。潛淵同入龍伯宫,在渚豈入漁人網。有時電掣雷鼓鳴,從龍跳躍身何輕。爲角爲鱗徒仿佛,縱欲描寫安能成。何代名筆劃此幅,筆端風雨一何速。假使將身畫作龍,雙睛點就飛出屋。此圖傳入陳侯家,陳侯對客常自誇。請余走筆作長句,吟成不覺爲咨嗟。當年公作京華客,禹門浪高空點額。我亦欲飛飛不得,垂頭且向人間謫。但言湖海自相忘,神龍有欲亦可韁。此物無腸那有欲,安得豢養同犬羊?

見鵬歌爲翁受甫作

君昔髫年眉眼殊,胸中磊落如壯夫。先秦文章百代士,不徒區區事小儒。人言鵾鵬變不測,九萬扶摇六月息。背負青天風在下,齊諧志怪湯問棘。石荀江上亦天池,荀江,受甫所居之鄉。謂君爲鵬人豈知。生來自有摶風翮,圖南奮擊會有時。自君射策金門裏,方睹神物池中起。不緣攀附自飛騰,蓬蒿斥鷃安敢擬。初試一邑如割雞,便將雨露灑黔黎。神明之號世希有,氛霾晝晦令人迷。憐君此來雙翅低,與君握手相提携,鵬乎鵬乎豈卑棲!

雲間鶴篇

一鶴一鶴雲間客,翀霄萬里摶風翮。十洲縹緲天路長,忽向金臺托雙迹。

黄金古臺今扶風，太行山西瀛海東。斂翼暫與衆鳥伍，白羽白雪將無同。有時向空一長叫，娟娟松月來相照。天外曾傳清唳聲，世間何人識高調。我憐此鳥是仙族，誤食縣官一斗粟。便自棲遲不能去，清夢依然在寥廓。昨宵破殼下新雛，洞府靈胎本自殊。會看翼長頂珠赤，相將飛入青雲衢。

百美圖歌

九叠屏開百美圖，何以擬之神仙都。瓊宫桂殿冰玉壺，疏簾半卷鈎珊瑚。中有貴介鸞鳳偶，綉錦叢中何不有。金釵十二自成行，紅裝列行思窈糾。良辰置酒集金谷，五音繁會歌相續。行時不覺天風飄，醉後如倒昆山玉。諸姬委委復蛇蛇，列屋閑居各自宜。或似諸生喜讀書，花前月下不停披。或似詞人能賦詩，紈扇秋風空自持。雲山重重水瀰瀰，有時展畫寄幽思。彤管寫出韻府奇，《關雎》雅調托朱絲。共是生來爲婦女，亦願此身配君子。同心齊體氣若蘭，徒充下陳空自耻。世人愛色不愛德，歲月況復如流駛。對花無語淚暗彈，但恐朱顔摧鏡裏。

五老峰圖歌

我昔曾游白鹿洞，聽泉亭前望五老。是時秋高天氣清，峰頭白雲净如掃。一老危坐四老立，坐者兀然立者側。有似相顧授真圖，蒼蒼盡是太古色。鴻蒙初判已龐然，精光炯炯星在天。千古萬古鎮長在，誰識先天與後天？先天一畫亦烏有，漫説太羹與玄酒。爲問山中學道人，古之羲皇今在不？

賜麟堂歌

卿府開堂名賜麟，堂中銀榜今猶新。從來殊錫不易得，胡乃此典及文臣。是時沖聖初御宇，朵頤諸夷爲邊苦。負扆元臣懷國憂，徵遼將軍鳴金鼓。等閑一掃静胡沙，生縛渠酋獻帝家。策勳文武有次第，千金錫讌遼水涯。我公昔爲大司馬，聲名不在尹吉下。曾賜麒麟白澤裘，持節東行將雨灑。將軍解甲稱萬壽，還與我公共飲酒。將士歡呼醉且歌，從此諸酋皆俯首。公歸報命告太平，明堂樂奏鈞天聲。而今復統三雄鎮，坐見麒麟地上行。

送謝盤谷山人長句

蒲州布衣謝遐齡，昔年獻書伏闕庭。書中之言有萬數，譬猶良藥皆參苓。先言崇師飭儒行，次言申教舉方正。《周官》之禮及漢典，頗與今製相飣餖。天子覽罷付禮官，皆云復古何其難。東之高閣竟不報，歸來濯足汾河灣。偶逢漁父一相問，絲綸在手釣磯閒。漁父之道自有真，力耕盤谷固其分。十年高卧復出游，年過七十雪蒙頭。已知高論世不用，何緣有夢到神州。

題鶴仙墨竹長句

聞昔王子猷，愛竹自成癖。時時獨往野人家，竹下相逢忘主客。我亦有癖不可醫，窗前隙地種幾枝。别來不覺經五載，風前月下令人思。李君愛梅亦愛竹，二物爲友真不俗。與君共守歲寒盟，寂莫一官惟斗禄。君得此幅竹枝圖，掛之高堂風自呼。直幹干霄那可折，夷齊二子真丈夫。伊誰寫者鶴仙子，風格頗與太常似。軸上不盈四尺縑，胸中自有千丈意。李君亦解寫素梅，清韻每向官中來。閑寫一枝與此伍，兀坐其中何快哉！

此君亭有序

萬曆辛巳五月中，余至岷藩，官舍敝陋，時復甚暑，乃就空庭中結一亭，廣不盈丈。乞竹數本，植亭外，取王子猷"何可一日無此君"之語，名之曰"此君亭"。右史姚江陳君，因賤辰携酒爲壽，而劉明府維南、張徵士希孝亦在席，余因作此酬之。

我昔山中守窮轍，每對此君必擊節。情同王子何可無，交有二仲素心結。一自捧檄出舊山，顛倒裳衣食中輟。未能引去卻曳裾，兩鬢颼颼半成雪。謂隱不用北山移，謂吏羞對萊妻説。殉琴一咏復一彈，陸茗自烹還自啜。不愁湖南山雨多，但苦行空秋日烈。結亭如斗坐相宜，種竹數竿韻自别。有夢但覺清風長,無貲一任世情闊。是年余生六十三,甲子於今已重閲。犬馬之齒老無用,有酒且向賓筵設。同官右史子所賢,把酒賦詩揮玉屑。黴君嘉遁籜爲冠,明府宦情今已歇。刻竹賡歌共笑歡,激羽流商調俱絶。一番過雨緑苔深,明月盈盈如可掇。中宵客散萬籟沉,獨坐空亭至明發。

送應山人東歸歌

有客何來叩我門,烟霞巾舄相氤氳。開囊片玉光滿席,爲君下榻開玄樽。君昔執經爲弟子,幾迴落解歸鄉里。肱折翅垂不自堪,放浪形骸宇廟裹。前年西游涉江楚,宋臺梁苑及齊魯。翩翩逸氣邁時流,況道休璉是爾祖。南還計日將抵家,忽憶故人復迴車。再出豫章渡湘水,來看都梁城南花。我亦王門曳裾客,烟霞於我相莫逆。君能杖策從我游,出門近遠隨所適。夜歸對榻夢亦清,有時刻燭四韻成。月下吟詩風前嘯,主人與客俱有情。昨日來謝且辭去,歸家不爲兒女計。束書復作湖海游,五嶽千峰隨緣至。羡君不是籠中禽,欲飛便飛那得禁。青天萬里任來往,縱有繒繳誰能尋!

樂老山房歌爲衡州太守李斗野尊封君賦。

人生老至誰能樂,共羡封君有清福。一雙秀眉壽且康,世間萬事皆刊落。曾因子貴拜君恩,黄金束腰耀里門。還揖達官汗浹背,何如散髮卧丘樊。山房去家僅咫尺,山如青螺水如璧。曲棟欒榭四時花,快閣崇臺雙眼碧。羅浮縹緲飛雲峰,飛雲頂峰名。洪濤浴日扶桑東。驅來怪石群羊立,移種仙果丹砂紅。人生此景不易得,半是天工半人力。清風拂袖落花香,新月沉鈎驚鯉赤。玄猿野鶴總無心,烟棲露吸並一林。無事一日當兩日,靈丹自我非外尋。有子官爲二千石,鵷雛豈肯爲鴟嚇。惟是爲邦有好音,老來之樂自無極。衡州衡州孝且賢,焚香遥祝南山篇。南山松柏青可憐,茯苓如斗兔絲懸。

百子圖歌爲户曹楊魯南題。

楊侯屏中圖百子,眉眼一一皆秀美。鵷雛出觳音自奇,神駒落地能千里。

嶽鍾星孕古有人,孔釋抱送事亦真。况聞鶴胎與虎乳,英物之生合有神。百子婉變各殊態,賓客滿堂誰不愛。共言爲侯膝下兒,顆顆明珠在掌内。大兒執書群呻吟,小兒嘻戲趨庭陰。或陳俎豆跪且拜,又畫卦位隨淺深。蠟鳳翩翩意氣見,擲果盈車真可羡。生兒如此足怡顔,佇看神物轟雷電。載咏《周南》窕窈詩,宫中和氣人自宜。螽斯一生九十九,振振孫子復何疑。我知楊侯慈且孝,閨門雍穆休祥兆。熊羆入夢筦簟香,生兒端的與侯肖。侯昔領解名第一,便登甲第金門立。青雲步武復爲誰,楊家世世皆通籍。

松山歌鎮國將軍以松山自號,爲之歌。

借問道人何處住,山間結屋松間路。兔絲百尺茯苓肥,此是道人修真處。苓爲餐兮絲爲綦,虬枝新長鱗參差。清風一派入琴奏,凉月流光欲爲誰。

瑞　菊　篇

岷國王孫庭下菊,一花並蒂何芬馥。共言此花非尋常,四方觀者如堵牆。王孫結綺表其勝,朝朝置酒還相命。客問主人主不知,花自有神花自奇。我知孝子情太苦,割股療母母疾愈。故遣枝頭並著花,奇事特見將軍家。董生召南慈且孝,雞哺狗子和氣兆。姜魚孟笋亦孝感,此花豈獨當秋耀。佳英落落自可餐,頹齡能製勝靈丹。天將貽爾助其孝,年年歲歲共笑歡。年年歲歲共笑歡,花前歌舞雙鳳盤。

答洪樂卿素交歌行

湘南高士洪樂卿,千里贈我《素交行》。别來今已近十載,讀之不覺淚沾纓。緊昔汪公爲江守,君爲郡貳我祭酒。司理林君亦後至,情猶昆弟誼朋友。汪公去後有張公,依然壎篪唱和同。雖云不入世俗耳,希音猶存有古風。一雙黄鵠凌風起,顧我力微飛復止。問君何爲亦倦游,爲親棄官如敝屣。我從左遷滯南燕,君歸養母盡餘年。傷哉二公已即世,黟水消息亦杳然。利名富貴浮雲薄，我胡曳裾游藩國。慚君顏厚復憶君，裁成尺素傳魚腹。千里答書意綢繆，垂情兒子及蒼頭。通家自古猶骨肉，豈獨平仲善交游。君家住在洞庭左，邀我來上洞庭舸。湖光萬頃平如掃，湖中一點青蓮朵。我今掛冠恨已遲，資水東下赴君期。登樓一覽湖山奇，更愛孟老杜公詩。世情反手作雲雨，君看九江之水長如斯。漢疏云：九江之水會於洞庭。

題彭氏三世節義卷

昨日彭郎來見時，手持先世節義卷。長跪向余乞一言，讀之未畢已長歎。彭氏池陽稱世族，家遭元季氛妖惡。有母盛年陷賊中，至死不肯受污辱。白刃之下嬰孩存，養自外室立户門。歸婦幸得衍嗣續，與婦長别歸九原。婦欲從之埋荒草，懷中兒啼誰襁褓。空閨獨守四十霜，不負當年合巹好。兒長亦能念母慈，一門群從如連枝。千金敝帚不復惜，要令彼此無寒饑。百年節義三世守，妻不亡夫足憐手。彭氏從此門愈高，過者咨嗟盡迴首。題詩滿紙光琳琅，後人掇拾盈巾箱。觀風使者不復采，安得國史傳其芳。杜甫已没詩亦亡，萬古白日清風長。

題楊將軍起伯風木圖

楊侯在襁不識父，但知有母如跪乳。空閨孤影對寒燈，萬里游魂尚兒撫。當時侯未有知識，一旦哀哀問顏色。我父面目竟何如，仰訴皇天叩后土。母言死者不復生，汝父有志苦未成。汝生本是世勳胄，文當蔚豹武揚鷹。繄侯發憤正年少，射策穿楊兩稱妙。推轂閫外海天清，開府中丞但坐嘯。是時母亦開笑口，爲兒一醉杯中酒。無何棄兒謝人世，地下從夫已白首。楊侯思母終不忘，欲養無從淚琳浪。聞昔曾參感風木，木欲寧兮天作風。我有父母寧不思，《白華》有聲無其詞。生前菽水亦自樂，死後空舉金屈卮。楊侯楊侯真孝子，顏色憔悴乃如此。昔日哀父母尚存，而今母没涕空泚。天高地厚罔極恩，落葉蕭蕭如紅雨。

武安山水圖長句爲戴觀察題

武安山水稱奇絶，賢人今有戴觀察。觀察平生亦好奇，洞府高深瓊瑶結。座無俗客有幽人，對酒談詩意自真。門外飛塵總不入，清秋佳氣朝還新。我來下榻已旬日，床頭畫卷吕生筆。吕生之祖真仁智，所圖花鳥無與匹。孫亦似祖名不虚，對酒寫素復何如。燕子枝間相對語，鵁鶄水上浴鶩魚。柳枝花枝相映帶，飛者鳴者各殊態。翳然如向華林游，魚鳥依人樂意在。簡文亦是好道流，清談何以爲國謀。靈臺有囿豈不樂，雲翔池沫何悠悠。當時有道集鳴鳳，此鳥一出從者衆。梧桐萋萋朝陽升，雍雍喈喈兩相向。君有素抱望自高，君如不出奈時何。况今陸贄已爲相，肯令君子在巖阿。

王仲紹納妾時逢七夕，賦得織女渡河以贈

七月七夕其如何，天上鵲橋横秋河。牛女佳期在今夕，一年一度情故多。淚灑雲間收不住，有情難盡愁風波。終日七襄爲誰織，贈郎一段心豈那。但言一夕如一歲，勿令雲雨空蹉跎。人間亦有七夕會，聽我一曲渡河歌。牛女年年無老少，可憐緑鬢易成皤。百年同心結不解，白頭相顧猶青蛾。

八桂具瞻爲許參知仲葵先生壽

紫微省中八桂客，入賀萬壽敬臣職。載歌《湛露》賜燕歸，還過里第百慶集。是時伯氏初致政，有疏再上帝始聽。情如賀老歸四明，鑒湖一曲開水鏡。伯氏吹塤仲吹篪，一出一處時皆宜。相與契闊欲分袂，况是攬揆初度時。翩翩公子盡國器，聚奎堂上群賢至。各賦一詩爲公祝，曼叟何人首其義。稔公仕宦久在粤，一爲郡守兩藩臬。百粤之山多桂樹，千峰萬峰懸秋月。繫昔征蠻銅柱標，劃船將軍瀧水遥。而今旬宣罷戰伐，去日有思來有謡。八桂秋高天香滿，閩南梅花如雪霰。梅花落時公别家，桂花發時公秩轉。三槐九棘公與卿，祝公上壽踰百齡。如逢聖主養國老，兄爲二老弟五更。温陵吟社洛中英，余老無用如

伏生。

斧綉篇爲直指陸公壽

執法殿中有御史,綉衣持斧稱直指。王者時巡古則然,四嶽明堂示綱紀。太祖高皇慮煩民,直指使出如帝親。揚清振滯有憲職,問俗甄賢在使臣。旌節住處神所鑒,喜予怒奪安敢濫。故知皇華使者情,有懷終日每與歎。陸公自是三代英,傅巖一出大道行。明鏡可照風可沐,惟帝之使東南徵。東南粤區是閩越,在昔爲七今爲八。自從裳衮興教化,流邦乃與中州埒。後來諸儒溯真傳,經有師説風再還。縱遭胡元羶不染,况逢舜日與堯天。使臣握節歲遍歷,要令窮谷被膏澤。唐虞肆赦四凶誅,此法一行人警惕。天使不至吏不畏,閩人引領望天外。天外雲霓乍興感,雨澤中斷轉悽惻。何幸我公自天來,山嶽震動掃風埃。剪兇將善爲民福,誰不願公位上臺。賤生既耄山中居,一事不干謬著書。閑與農夫較晴雨,粗衣糲飯從所如。聞公之來吏奔走,我亦倚杖頻翹首。郡中親友寄書來,使者如公真稀有。謂余平生能賦詩,可無一曲歌咏之。呼兒覓紙漫揮灑,更喜春日方遲遲。參知許君公舊知,觀察李君公年友。林間花笑鶯再鳴,因之遥進一杯酒。

望夫石

誰家思婦山頭立,望郎不歸日復日。柔腸百結恨千重,化作山頭一片石。萬里空傳尺素書,有淚潸潸向雙翼。

樂山望海

大海茫茫入望遥,玉虹委宛水中橋。鳳麟彷彿扶桑外,鯨鱷奔騰砥柱標。八月槎來無漢使,一瓢僧渡只秋潮。因嗟人世如漚幻,卻到庭前百念消。

龍湖寺方丈

金碧巖頭青草湖,龍眠水底月明孤。真僧爲塔千花壘,漫叟枕山一杖扶。

白日淩空游自遠,清宵對榻夢應無。妙香不斷青蓮凈,倒映星辰在玉壺。

靈　　山

兩度來游未隔年,靈山風景尚依然。藍毵袍色湖邊草,斷續琴聲樹底蟬。到手深杯須盡醉,尋山屐履任教穿。迴看城郭塵寰裏,半日偷閑卻是仙。

【校記】

① 按:此組詩爲七律,誤編於此,今仍其舊。

颜桃陵詩集卷二

五言律詩

與林仰虞僚丈同舟下湖口

東去江如駛，棹歌滿水雲。星光兼浪涌，蘭氣及秋聞。就枕夜將半，鳴榔曉未分。又將驅馬去，慚負北山文。

登石鍾山留題

幾度匆匆去，題詩都未成。江山如有恨，游客那爲情。石叱千峰變，江流到海平。更聞硿硐處，盈耳是天聲。

兜率崖

東峰懸碧落，絶頂石蓮開。苔壁千年色，松聲萬壑哀。巖僧飛錫去，天女散花來。更有虛空處，金銀疊作臺。

從姑山

盈盈盱水外，咫尺從姑山。緑鬟今不見，青鳥幾時還？裂壁真如畫，丹梯尚可攀。飄然雙袖舉，已度石梁間。

與羅近溪諸公集從姑山近溪舊隱此。

移席近巖前，清心對洌泉。酒中方見聖，坐處卻疑禪。雲片風吹落，苔花墨染鮮。名題在蒼壁，重到是何年？

謁周濂溪先生墓

曾謁先生墓，徘徊一整襟。溪清猶故里，風遠共誰吟？秋水芙渠路，空山雨露深。頻來修歲事，應有及門心。

同黄山人吾野吟堂前雙鶴四首

我有九皋客，何來並一家。蒼苔行處破，日月舞邊斜。江色連清署，風光泛落花。相看都不厭，早晚共分衙。

其　二

刷羽青宵下，和鳴緑樹陰。翩然如道侶，那得似家禽。瀛海書能到，江皋路幾深。齋中無别物，留與伴清琴。

其　三

皓潔吾應共，昂藏爾獨然。歡多交俯仰，思遠忽蹁躚。有地高堪托，無魚饑可憐。身同清吏隱，並在水雲邊。

其　四

階前雙玉立，矯矯欲翱翔。丹頂何年結，清風兩翼長。未能忘海嶽，不復慕魚梁。自得餐霞性，千秋白復黄。

同吾野立春日對雪二首

東風將白雪，相送到潯陽。一任吹噓力，漫天雜雨揚。春於今歲早，田比去年忙。把酒歡相問，行春日較長。

其　二

一冬日雪霰，春至作花飛。幔卷隨風入，郊迎拂袂歸。五老鬚先白，三農願不違。勾芒從此達，到處盡芳菲。

同部使李雲麓登俯江樓二首

樓俯大江流，憑高散九愁。片帆隨瀉落，孤嶼雜星浮。漢使來天上，江人集水頭。懸知勞國計，不獨爲悲秋。

其　二

佳晨延勝覽，秋色滿江黄。楚地西來盡，吴天東去長。湘簾懸落日，漁艇在滄浪。誰作登樓賦，棲遲夜未央。

送向德化改官之安縣

三載空牢落，翻爲蜀道行。江人應有淚，湓水豈無情。八月濤頭白，三洲沙嘴平。送君從此去，莫改舊琴聲。

小孤山二首

江水自朝東，滔滔去不窮。青天如有意，砥柱在江中。影落龍宫翠，光分日觀紅。崇朝乘一葦，來此問鴻蒙。

其　二

孤峰獨立處，終古帶潮痕。四顧都無地，中天有一門。驚濤迴鷲鶻，晴日出靈黿。誰學任公釣，投竿直至昏。

獻花巖得“多”字

高閣倚嵯峨，空巖掩薜蘿。問師何處住，只在此山阿。松子風前落，梅花坐處多。幽禽知法意，銜去獻阿那。

人日，莆陽懷朱玉橋、江逵泉、王七峰、李海宗、黄龍源、黄儀亭、詹咫亭諸社兄

人日莆陽道，看山立馬遲。春風隨客到，晴色與行期。桃綻争花勝，梅飄著柳枝。詩林吾舊侶，吟罷轉相思。

三山燈山，集林貞濟宅，得“賒”字

爲客偏愁夜，對君樂未涯。酒判今夕醉，春占一年華。天外雨初斷，雲間月

尚賒。燈光在堂宇，幾曲《落梅花》。

雷雨宿頭陀寺得“華”字

電閃黑雲遮，雲聲繞水涯。路諳前度馬，雨作晚來花。蘭若聞香入，蓮燈落影斜。遽然清夢覺，又見日東華。

再過江州會洪湘南舊僚長二首

昔别携雙鶴，重來戀綈袍。花枝春共惜，燈盡夜頻挑。孤柱當江出，雙峰倚劍高。明朝復問渡，那更有風濤。

其　二

淚緣他日墮，歡爲故情留。不斷潯陽雨，還登庾亮樓。兒童能戀客，楊柳尚維舟。後會知何地，愁心並水流。

過 五 祖 山

緬懷禪誦意，馬首望東山。寶刹松蘿外，香臺烟霧間。春沙流水淺，細雨落花斑。去路無南北，行人心自閑。

雨宿桃山公館

衝風復苦雨，十里五停車。候館堪投火，行人似赴家。櫪嘶將秣馬，樹繞欲棲鴉。渡處流方急，憑軒看暮霞。

春 懷 六 首

謫居幕府，賓主不交，值兹春陽，悵然有懷京中諸君，各寄一詩。

林豐瀛户部

上谷羈棲客，春宵夢不成。馬思尋故道，人苦負平生。郎署非終老，閑曹可謝名。惟憐同病者，脈脈共含情。

江達泉僉憲時至京改官。

失路空相憶,來書有八行。心應如皎日,夢亦在滄浪。江上青山小,天邊白鳥翔。到官鄖子國,于此卜行藏。

張晉陽户部

昔别忽如失,今來歲又新。燈花空伴客,春夢故牽人。棣萼何由見,絲蘿自可親。相思迴白首,寂寞向誰論?

劉仰恬法曹

幕中無限意,不是苦棲遲。賓客空談劍,將軍不賦詩。塵分清苑路,人在白雲司。獨立東風裏,憑軒有所思。

周象林給諫初由中書入諫省。

青瑣初聯步,鳳毛尚可憐。身依堯日下,春滿漢京前。衮職元無闕,天心那有偏。不才自落魄,但恐愧先賢。

黄吾野山人

寄語山中客,歸時好卜鄰。宦情今夢覺,交態野人真。門巷宜相直,壺觴莫計貧。誰能同尺蠖,偃仰在泥塵。

劉子高將軍以郊居詩見示,次韻答之

别業郊原近,將軍來往頻。投戈談稼穡,對客話麒麟。止酒緣何事,題詩待故人。扶闌多芍藥,欣賞及餘春。

春日書懷

故園歸何遠,都門不再游。日邊花易放,風外柳先柔。懷抱向誰盡,飛騰那自由。未能辭斗禄,只作望鄉愁。

答林南山户部寄所作詩畫

帝里春光好,仙郎信馬行。九衢游欲遍,幾日畫能成。城裏見山色,朝端仰聖情。祇因圖不盡,詩寄友生評。

黄儀庭太史至京作此奉訊二首

聞道瀛洲客,遥從故里來。朱弦成舊調,玉署想新裁。石室西京記,經筵二典開。正逢延訪日,天子在蓬萊。

其　二

頭白何來此,棲棲念獨行。途窮從馬瘦,目極歎鴻冥。步玉神仙眷,懷山蘿薜情。君應徐曳履,吾欲濯吾纓。

李卓吾、陸仲崔二法曹枉顧,即席志言二首

幕府慚諮議,閑門鳥雀經。忽傳畫省客,共指少微星。掃地高軒過,持杯雙眼青。春蔬猶可供,不飲任同醒。

其　二

一從爲吏隱,猶自揖將軍。豈期今夜月,復誦往時文。驛路經三晉,征袍帶五雲。那堪分手處,花落又紛紛。

蒲陰西山四首

陳侯村今完縣即古曲逆,陳平初封之邑,有墓在。

陳侯封曲逆,村有陳侯名。古寺僧猶住,空山吏獨行。孤烟何處社,荒草故時塋。寂寞千年後,惟聞清磬聲。

老君堂傍有九曲水,古柏千百年物也。

共有躭幽性,玄都此日游。天中占紫氣,洞裏見青牛。柏老千年色,山迴九曲流。傳杯無酒數,書許道人留。

龍　泉　寺

春日溪猶淺,冰消草欲芽。尋山忘故道,問偈到僧家。茶煮龍泉水,香浮寶樹華。誰知漆園吏,不是傲烟霞。

五雲泉出穴上流，龍王廟在泉上。

靈泉通五竅，涌地作龍湫。勢激無千仞，波餘及此州。完縣古爲州。青雲生暖氣，碧玉散寒流。尚有龍神護，深源那可求。

元夜宴李主簿宅

令節應同惜，佳節不負言。元宵無火樹，堯社有坏樽。縣有堯城社，堯生處。酩酊從欹帽，嬋娟恰到門。無勞歌艷曲，自覺古風存。

贈　鄢　尉

梅福曾爲尉，知居不厭卑。地偏堪自托，事簡更相宜。多病門常闔，無家禄可支。不愁官長怒，耐此歲寒枝。

送彭從野守桂陽東莞人。

領郡向南去，鄉園今比鄰。定知捧檄日，應慰倚門親。桂水浮雲外，羊城漲海濱。願分稱慶酒，沾灑及州人。

李參軍邀游豐慶寺

白日遲遷客，清風吹角巾。曇花飛睥睨，塔影掛嶙峋。散吏來能數，齋心醉許頻。晚來天竺雨，歸路浥清塵。

上元十六夜齋中同蔡山人分得“看”字

他鄉復元夕，留客且同歡。春桂杯中問，江梅夢裏看。家書經歲達，世路傍人難。共對燈前酌，清光一片寒。

李易州招游太寧寺，遂宿山中，留詩紀興五首

使君多暇日，遷客有禪心。古寺深山裏，寒蟬滿樹吟。溪迴頻渡馬，葉落忽驚禽。漸覺林泉好，空巖聞磬音。

其　二

繫馬祇林下,焚香繡佛前。山餘經歲雪,澗落灑空泉。止酒如齋日,休官不待年。晚來耽静理,隨處欲逃禪。

其　三

紺宇臨深壑,香臺又幾重。彌天松作幔,涌地塔成峰。流水人間去,高僧雲外逢。微官一何戀,且得一相從。

其　四

乘月歸何晚,聞香卧獨遲。是日太守先歸,惟余獨留。夜清心自醒,谷静語先知。不寐依僧梵,孤愁咏詭詩。東方將欲曙,空翠濕松枝。

其　五

列岫攢雲出,丹梯礙日低。經聲天上落,禪影樹邊棲。去路將蘿引,留詩剥蘚題。後游人到此,洞口恐應迷。

春日書懷寄友生

官拙復何求,年華似水流。春將人共老,雲與思俱愁。時事山公啓,鄉思王粲樓。自憐無羽翼,有夢向南州。

陸潛虚將往華山,爲郡丞趙公所延,欽慕玄風,作此代刺,兼呈趙公二首

客有方壺子,將之太華游。蹁躚辭故里,瀟散見諸侯。華表令威鶴,關門老氏牛。何因解墨綬,宵漢共追求。

其　二

夢中惟五嶽,塵外揖高賢。經注《南華》後,神游太古前。郡齋如道舍,遷客足清緣。余亦武夷隱,真詮莫秘傳。

蓮花池清宴呈張使君望湖公四首

雄郡臨清苑,華池集衆賓。樽中傾聖酒,臺上望真人。清水芙蓉鏡,微風楊

柳塵。自慚非上客,空負席上珍。

其　二

瀟散芸香吏,蹁躚池上來。青冰寒玉羽,紅粉墮瑶臺。秀句西湖夢,公有夢西湖語。芳尊北海開。江湖在城府,何必問蓬萊?

其　三

自公多暇日,領客復來游。池上偏留月,花邊欲艤舟。公欲造舟擬西湖游。市朝非小隱,人世有丹丘。但使年豐樂,公心自豫休。

其　四是時余將入楚。

樓高烟縹緲,橋直水淪漪。仰接飛空翼,斜攀卻月枝。望依丹闕近,行與白雲期。勝事空相憶,湖南定寄詩。

叢桂軒書懷簡楊臺石先生

鬱鬱庭前桂,蒼蒼几上山。有官同倚相,爲友愧顔般。道豈諸侯重,心猶鷗鳥閑。蕭然楊子宅,朝往暮應還。

此君亭答張希孝徵士

吏非金馬隱,亭爲此君名。秀色行堪結,清風坐自生。門閑無俗客,鶴瘦有高聲。不是論詩人,幽期恐負情。

除夕飲陳右史歸同應山人作

同是王門隱,棲遲又一年。判將今夕醉,還對野人眠。世態門前爆,吏情江上烟。覺來占斗柄,已向閣東懸。

立春日書事

歲駕隨星轉,東風迸雨來。河魚初上水,庭笋暗穿苔。國有和時詔,人傳行慶杯。立春占太史,吾欲上熙臺。

將游東山，值雨，遂同諸殿下集盧守府公署，分韻得“稿”字

雨阻東山騎，風迴南浦槁。將軍開錦帳，帝子下青霄。龍吹當筵發，蘭膏入夜燒。醉鄉知極樂，不飲負長宵。

送李主簿之長水

昨日州從事，今朝縣督郵。春風吹去馬，江纜引行舟。人惜李仙别，官從蠶國游。相思迴首處，月白吕公樓。

綏寧殿下招飲山亭次韻

會心不在遠，松下即徂徠。除草初尋徑，因山故作臺。亭沿千級上，筵對百花開。不爲先生重，何人共舉杯。

贈廣濟王王習經生業，乞應舉不允。

天漢遥分派，騶虞近在庭。河間兼纂禮，劉向早傳經。列郡名何忝，萬年枝自青。猶聞求自試，燈光夜熒熒。

送君澤東歸

念爾來何遠，相携爲所親。春衣當暑换，鄉夢入宵頻。買棹三湘客，還家萬里人。相逢如有問，吏隱絶風塵。

賦得江山勝覽

五嶺三湘外，宜人有桂州。江光如素練，山色即丹丘。卷幔勞延覽，憑軒一散愁。興來如有賦，不減謝公樓。

賦得琴劍孤蹤

耿耿寸心在，獨行誰與群？開囊調玉軫，解佩拂龍文。斗氣沖霄見，泉聲四

壁聞。相逢在天末,别去憶清芬。

妻侄黄爾綸東歸,有詩留别,次韻送之二首

留君不可住,促織夜深鳴。零落井梧候,蕭疏游子情。擁衾聞理咏,計日作歸程。何物堪爲贈,囊中片玉明。

其　二

來時當溽暑,歸去忽凉秋。山水湖南郡,烟波天際樓。衣經三伏澣,帆下大江流。故國黄花早,相看忘卻愁。

再贈爾綸

記得提兵日,風威似素秋。清笳吹落木,明月在高樓。報國惟留劍,還山但漱流。烽烟今已熄,不共杞人愁。

飲悟齋宗侯山園

挹酒對黄花,山堂燭影斜。王孫皆鳳臆,賓客集仙家。珠斗臨疏綺,金釵避絳紗。主人無限興,壺矢任交加。

冬夜集綏寧王貽遠堂得“金”字

不羨梁園美,都梁有竹林。能文偏致客,愛道肯留金?棋局延清夜,琴張寄素心。欲歸山復雨,樽酒且重斟。

韞輝山館

山館即仙家,溪橋去路斜。潭清魚可數,日暖玉生華。石鑿混沌竅,衣粘薜荔花。再來知不厭,還日問丹砂。

七里庵

大千開法界,七里亦名庵。香火岷王社,光明古佛曇。山橋遲去馬,村樹宿

輕嵐。幾度聞香入,禪門共一參。

雲山半嶺望仙人橋

迢遥出城廓,宛轉得幽尋。瀑布懸晴雨,飛梁度遠岑。仙人如脱屣,宦子已投簪。更入雲深處,碧桃千樹林。

贈姜醫士

爲客江湖遠,移家歲月遷。何山堪種杏,有術可延年。洗藥臨溪水,燒丹伏竈烟。猶然還故里,黄鶴酒樓邊。

答楊臺石坐雨見懷

客滯兼愁雨,花寒猶著枝。懷山情不淺,違世數多奇。道拙甘懸磬,交深念别岐。爲農今日事,歸路滿江麋。

東塔寺志别

城東標寶刹,孤塔冠層巔。四顧雲連水,高攀日在天。朱甍帝子閣,白鳥史臣船。歸路江湖遠,青山隱暮烟。

留别胡養泉使君

從此一爲别,白雲相與還。江浮禹廟下,棠蔭召祠前。千里使君雨,片帆歸客船。離筵心自醉,真覺主人賢。

登黄鶴樓晚望

仙人騎鶴去,游子尚懷鄉。宿莽迷芳渚,晴川帶夕陽。片帆天際落,雙鳥日邊長。故國秋雲外,歸心那可忘。

王明府邀尋洪山寺過棲雲作

並馬洪山寺,尋僧都未逢。落花風自掃,芳草步相從。别院留香飯,禪心對晚峰。坐來應自醒,不是偶聞鐘。

河口道中作

清晨遵大路,静愛鵝湖山。空翠落潭影,林花羞客顏。虚堂懷陸子,歸馬及閩關。去去開三逕,悠然心自閑。

上巳符離道中

旅行不計日,忘卻浴蘭時。單衣猶未試,遠道忽相思。柳色牽襟帶,風光揚鬢絲。青陽共流轉,駐馬古符離。

過東郡懷古

柳色圍平野,行人及暮春。天空晴望嶽,地轉迴通津。弦誦猶存魯,登封不記秦。至今洙泗上,還見古儒紳。

寄鶴詹侍御水樹

以我雙白鶴,留君青草池。長鳴空外徹,閑步水邊遲。浴喜晴江破,翔憐玉羽披。主人情不淺,吾意亦何私。

過分水關

到此分閩楚,秋風揚策過。關門占紫氣,湖水浴鵝波。客子游何遠,居人念轉多。未須論日月,隨處足烟蘿。

蔡明府邀同李計部集傳金吾湖上園林

君懷山水性,邀客過西湖。林有將軍樹,樓疑仙子都。花邊流水出,竹外白雲鋪。歸路棹歌發,峰高片月孤。

丹陽别潘士觀孝廉之留都,問安乃叔侍御公

我尋京口渡,君向秣陵行。馬首千峰雪,臺端五鳳城。燈花先送喜,藥裹謾關情。不淺阿咸意,相期萬里程。

真州守風,待潘士觀

風起大江間,雲迷江上山。遲人空計日,弭棹復臨關。鴈影燈前度,潮聲枕上還。廣陵何處是,對酒且開顔。

春日集沈侍御鶴石園亭二首

懸車頭上黑,開逕待裘羊。晏坐焚香慣,閑情種樹忙。流鶯春解語,紅藥晚多芳。猶許幔亭客,題詩向草堂。

其　二

座中無俗客,門外有僧來。暫輟玄亭草,同傾北海杯。看花方蓓蕾,問字且徘徊。誰識休文意,游心在九垓。

既作竇侯入覲詩,復賦頌德紀思詩四首

海國春長住,董風盡日吹。閭閻應解恤,草木自含滋。官署如行旅,親闈頻繫思。羔羊堪比節,爲擬《召南》詩。

其　二

偶旱祈旋應,無苴坐自清。神明曾有頌,風雨亦多情。秋稔萬方樂,春和五馬行。應知漢循吏,不得擅聲名。

其　三

節自大夫建,裘從野老披。谷蘭猶見覓,皋鶴故相隨。徒有緇衣感,慚無白雪詩。朝天應有日,追餞出郊逵。

其　四

别擁朱旛繞，歸看竹馬迎。并州千里望，帝闕五雲程。桂子當秋馥，桃花滿路榮。賢哉二千石，來往見人情。

同山中道士入清源採茶得“新”字

靈洞雲深處，仙茗早放春。忽逢學道者，曾引採芳人。和露芽初摘，聞香鼎覺匀。詩脾應可沁，佳句喜還新。

重陽前一日，集何稚孝儀部丙房有感得“三”字

九日明朝是，黄花蕊尚含。鴈行人少一，籬畔徑仍三。風雨晚還歇，茱萸飲未酣。主人無限思，後會在山南。

書　閣　鳴　鐘

謝朓讀書閣，懸鐘在上頭。有時自手擊，無日不神游。禪意聲中得，塵緣坐處休。朋來愧道侣，欲去亦遲留。

贈軍門門下聶醫生

將軍門下客，聶氏世名醫。藥裹題應遍，丹方驗始施。五營無病卒，四野有春姿。總是倉公意，何論食報遲。

題李長公繼啓匡山别業

何事名猶借，爲言兄弟親。匡山千載後，今日見斯人。竹徑苔痕破，玄亭草色新。著書還自愛，席上有珠珍。

送李膺平孝廉春試

瓊峰最高頂，俯視孝廉家。蒼鬱浮佳氣，輪囷結彩霞。公車行待詔，上苑笑

看花。自是金閨彦，聲名此日詩。

送姜同即郡守入覲二首

三年臨海郡，萬里覲宸楓。玉輯諸侯瑞，詩陳大國風。班聯四嶽後，詔出五雲中。預擬辭朝日，鶯聲滿漢宫。

其　二

望闕趨何急，過家坐亦馳。天顔應咫尺，周道任逶迤。述職王章重，承恩皇澤私。名知列屏扆，南國且縈思。

宴集許及仲園亭，咏石洞得“天”字

崆峒不可到，只此亦幽奇。小有天從入，真空我自知。薜門何用閉，石榻豈須支。便是希夷洞，容吾一咏詩。

十八尊者坐功圖得“門”字

何緣參法相，偶爾到禪門。咫尺三千界，皈依十八尊。紛紛花亂落，嗷嗷鳥相喧。我亦維摩詰，看圖自不言。

永　安　巖

永安有禪室，亦傍九仙山，竹與僧俱净，雲將客共閑。空中一鳥下，口口萬花斑。不盡香泉水，涓涓流出關。

宿　栩　蝶　堂

漫游不覺遠，信宿愛溪堂。雲過中宵雨，月來清夢長。無錢休掛杖，有咏不盈囊。欲别留題去，高情自不忘。

陪詹司寇赴李膺平孝廉際山花雨亭宴司寇甥孫王伯興孝廉，子繼啓、繼沃，余子叔龍、叔野預席。

花雨能留客，林風可醉人。清蓮初地發，黄菊應時新。金縷筵間曲，香醪若下春。偶來成勝會,諸子亦申申。

五言排律

贈傅都護遷鎮榆林十二韻

榆林西關塞,燕山京北門。向來爲鎖匙,今去作藩垣。不獨鄉園在,兼之統制尊。虎符仍舊握,黄鉞又新恩。柳色摇丹旆,風聲動彩幰。迴瞻依斗柄,悵望近河源。馬援猶能騎,廉頗尚飽飧。許身孤劍在,報國寸心存。生長諳邊事,威名鎮外番。上兵惟不戰,勝算豈多言。胡馬雖交市,材官尚遠屯。華夷原有限,直是到昆侖。

將入楚投開府勞公十二韻

閩海今開府,薇垣舊省臣。甘棠枝勿翦,熊軾畫還新。按節臨漳水,憑軒駐洛濱。旬宣疆理遍,文武弛張頻。問俗先遺老,垂憐及細民。海天無逆浪,京觀久封塵。甲帳弢弓矢,轅門揖縉紳。秉樞還有日,勒石豈無因。桑梓他年吏,烟霞此日身。王門猶是隱,客路不辭貧。投刺通軍壁,揚旌下故人。明朝將買棹,西去望峨岷。

爲廣濟王冠長子祝十四韻

江水岷山源,分封舊作藩。諸王身自貴,宗國禮猶存。儲貳承祧重,三加元服尊。祚階方著代,嘉客且盈門。矯矯猶龍變,翩翩類鳳軒。先生爰命字,令德在無諠。敬翼思皇祖,光昭屬後昆。道宜先孝弟,身欲等乾坤。習氣除紈綺,芬風播蕙蓀。拜應同魯後,名擬冠諸樊。望日心懸闕,開筵醴在樽。四君皆有客,二史豈徒言。南山有橋梓,從此日滋繁。

投贈開府中丞朱四還相公三十韻

肅肅新開府,番番舊作翰。命加知帝眷,檄至動民歡。蔽芾棠無翦,瞻依地不寒。百寮皆稟度,列校盡披肝。水有千艘集,山無萬木刊。鯨逃波自息,虎去物奚殘。禮樂堪時習,耕耘得飽餐。旬宣雖未遍,鎮壓已如盤。繄昔何多故,於今幸改觀。無諸稱舊國,常衮羡能官。禮士歐陽至,移風鄒魯看。先儒明道術,後學得倪端。世越溯踰遠,文多法嘶煩。笑談違孔孟,士類不衣冠。即此成夷虜,何論側執幹。公兹方秉法,况復首登壇。文武兼程憲,高堅且仰鑽。方期爲巨棟,願以障狂瀾。理亂因時酌,行藏與道安。屣從他日脱,冠向此時彈。少小連雲步,中心徑寸丹。門今施畫戟,心必近金鑾。定佐中興烈,無言直道難。鹽梅資傅説,朋友想顔般。老我無他技,行歌頗自寬。榮期空帶索,程子少盤桓。一語偶相合,千秋事未闌。勳名在麟閣,事業只漁竿。皓首青山老,蒼兼秋水寒。論交惟意氣,世路總漫漫。

壽太宗伯黄議亭相公七十

昭代文章伯,清朝耆舊臣。東方瞻盛德,南極應星辰。出作虞廷羽,入侍慈母身。玉堂名學士,槐市老成人。有念非三鼎,難忘是一人。直清深帝眷,寵錫自天申。講牘留宸幄,經筵憶舊賓。芝苓應不餌,柱石望何真。七十頭初白,三朝德作鄰。何須勞夢卜,祇是念忠純。早見蒲輪迓,定懷金鑒陳。聖情應已定,歲駕又將新。皇攬揆初度,芳期及此晨。如龍諸子列,進酒兩階頻。應曆梅先發,看花又一春。公登東閣日,願作太平民。

五言絶句

題畫馬二首

老馬知故道,駿馬能奔風。二馬不同槽,用之皆有功。

其　二

緑陰多清風,空谷有生草。騁者如欲休,止者思遠道。

題折枝紅梅贈黄太史

雪裏一支紅，不知春幾許。試問玉堂人，春色何如此。

此　君　軒

露下秋水清，山空夜復静。獨坐對此君，始得幽人性。

山　水　四　景

二月春水滿，柳暗山桃紅。馬蹄無近遠，鳥啼水西東。

其　二

草閣臨清漪，湘簾隔夏氣。獨坐鳴素琴，楊柳風自至。

其　三

場圃秋已登，佳色耀籬菊。鄰曲偶相過，壺觴本無約。

其　四

山梅逗暗香，夜雪透窗白。坐有天竺僧，共忘空與色。

茶洋驛水亭四首

聽雨窗前澗，吟風竹下橋。無心問驛使，謾自説今朝。

其　二

遲遲行客情，泠泠丘中賞。彈琴對友生，泉石慰心想。

其　三

弄水愛其瀾，洗竹愛其陰。斯人胡乃然，而我與同襟。

其　四

伊人獨坐處，一亭不數尺。抱膝自長吟，凉風生蘿薜。

顏桃陵詩集卷三

七言律詩

酬黄孔昭别後馬上值雨見懷之作

都門别後雨如絲,君自多情復寄詩。馬上獨歸曾下淚,天涯相阻得無思?素衣豈受京塵化,末路真慚蹇足遲。芳草萋萋空自緑,故園何日問歸期!

過燕故國有感

經過易水雁飛初,漠漠平沙秋雨餘。故壘舊傳燕子國,孤臣太息樂生書。荒村匹馬遲歸路,落日何人尚倚閭?古往今來多少恨,不因彈鋏歎無魚。

秋夜書懷寄舍弟周卿京邸

槐陰落落月窺床,獨步閑庭秋夜凉。露下蟲聲空自切,天邊雁影一何長。無書不用窺公府,有夢依然在故鄉。春水桃花溪上路,幾時携手共徜徉。

聞郭北州僉憲改滇南作此寄别

提兵萬里有誰堪?君自山東向斗南。節使從來親授鉞,廟堂今日豈空談?旌麾雲布風烟净,檄過黔陽雨露甘。此去定宣天子意,前程不得少停驂。

飲張歷山司農宅有作

漫道天涯少比鄰,與君傾蓋便交親。平原十日堪留客,燕市三杯亦醉人。行樂只愁芳草歇,息機方覺野鷗馴。從今來往期無定,只是官閑得任真。

同張司農集劉參戎宅看花

牡丹花好不同看，芍藥當筵尚未闌。潦倒一官非是醉，徘徊終日爲誰歡！即愁風雨重迴首，幸值清和共倚欄。歸坐一軒渾不寐，香魂月露夜團團。

劉子高參戎以寫懷見投次韻

周家有道不開邊，漢將功成不計年。弓室塵封閑自拂，草堂春晚静猶眠。不侯李廣真緣數，未老馮唐更覺賢。顧我迂疏甘寂寞，對君猶賦《白駒》篇。

呈張旭峰大夫公判保定司關，以修臺隍功，加秩至運丞十年矣。

行府風霜十載心，關門峻絶塞門深。燕支雨後生顔色，鴻鴈秋來有信音。勒石不須論戰伐，登臺那復計晴陰。離離禾黍黄雲滿，一曲升平月裏吟。

再過子高宅

散吏長閑興頗多，將軍謝病許頻過。階前鳴鶴依人立，手上青萍對客摩。漫道江湖無志士，從來燕趙有悲歌。唾壺擊碎心猶在，不飲其如落日何。

聞黄南陽比部起復至京，改號鈍軒，追念昔别，悵然有懷

記得新林阻餞時，而今忽是五年期。月明漲海鱗鴻杳，木落空山風雨悲。兩度登朝逢主聖，幾人直道不行遲。如余樗散今休問，漫有閑情解寄詩。

完縣春日

易水燕山閲歲新，那堪吏隱更風塵。青山不濕江州淚，白髮真慚幕府人。冰壑漸消先受日，柳條將放已憐春。無因卻綰縣官綬，税駕東郊問細民。

訪田進士念堂山居

拂地東風楊柳偏,朝來繫馬草堂前。丘中琴奏宫商意,席上人依文字筵。中散何堪猶作吏,班生此去若登仙。他年問俗江南路,烟水蒼蒼覓釣船。

劉子高詩來及江州遺愛次韻答之

二月風柔淑景遲,愁邊花柳亦相宜。跨馬出郊春滿眼,聽鶯藉草坐移時。老參幕府不歸去,漫説江州尚見思。惟是謝公曾游處,石門頂上有吾詩。

夏日同于肅齋文游净土寺

城西古寺柳陰深,净土無塵共一尋。樹底幽禽看傲吏,階前忍草對禪心。天香不散如來地,風鐸時兼梵放聲。十載宦情今夢覺,逢人只欲問山林。

黄孔昭將南還寄此言别二首

相將萬里到幽燕,咫尺睽違又一年。吏散祇應憐我拙,風高誰不慕君賢。詩經館閣新編次,人似神仙少食眠。昨日書來相告别,可能待上李膺船。

其 二

懷山不復住神京,游子天涯念友生。易水去都三日宿,薊門分袂兩秋更。雲飛那得憑黄鵠,春去何堪聽暮鶯。此别定須尋五嶽,何人同計白雲程?

呈高熙齋尚書

十載歸來橫玉身,堂開緑野納芳春。只言師保青宫重,漫説優游白髮新。北闕彤雲常在眼,東山明月且隨人。側聞漢主臨宣室,正憶三朝耆舊臣。

旌忠祠有序

旌忠祠,祠贈太常卿楊忠湣公也。公世宗廟以言獲罪死,爲贈秩議謚,立祠賜額，則遺詔特恩也，並刻前後疏祠下。

孤臣恤緯似窮嫠，兩疏於今字字垂。白日雷收雲已散，陽春冰解蕙先摧。夜臺寂寞猶生面，故里春秋有特祠。讀罷雙碑長太息，當時誰復念湘纍。

送李思貞文學假還省覲

六館門前市有槐，題詩爲寄可憐才。孫弘應詔老還壯，陽子爲師半遣迴。桑梓瞻依雲在眼，園林歸去笋穿苔。但修膝下晨昏禮，未可逃名學老萊。

適適園爲李元頤郡丞題

十畝城西桑且耕，郊居元自稱幽情。有時枕上夢爲蝶，盡日林中坐聽鶯。開閣只延青幛入，閉門一任綠苔生。自從注得《南華》後，不問人間朝市榮。

劉思儼法曹移書相問，答以此詩

金臺驛路繞王畿，咫尺相思見面稀。袖裏常懷經歲字，幕中未换到時衣。西曹六月猶冰雪，南國春山有蕨薇。若問宦情何太苦，越禽只欲向南飛。

過王明府齋中名執中，由谷城令謫衛幕。

無勞詹尹問靈龜，世路從來多嶮巇。顧我如樗宜早去，憐君同病且相隨。官齋好似山居日，軍吏休妨客到時。共醉花前桑落酒，綠陰繫馬任歸遲。

中丞孫公以歲暮詩見示，次韻奉答

落魄天涯滯客身，況逢歲序轉憐人。椒花柏酒爲誰頌，詩卷琴張祇自親。世上風波無定日，夢中蕉鹿竟難真。惟公早遂園林樂，許我頻來忘主賓。

劉子高過齋中守歲次韵

有客相將過幕中，爲憐殘歲得東風。燈花入夜重重結，臘酒浮春瀲瀲紅。

遷客三年何自苦，將軍一劍爲誰雄？持杯不覺還堪笑，白髮於人自至公。

春日憶別

猶憶鄉園履歲時，桃紅李白正參差。暖風吹面受春早，零雨沾衣行路遲。易水即今猶雪霰，閩山迴首在天涯。誰知已是三年別，立馬城南看柳枝。

春日同翁別駕受甫、蔡山人鼎臣集孫中丞園林寄謝

招邀何處問芳華，開府城西路不賒。綽約春當桃李月，蹁躚袖拂薜蘿花。臺高喜見青山郭，泉響驚傳玉井車。寄語中丞休謝客，游人一半是烟霞。

登龍興寺大悲閣

中山高閣鬱岧嶢，朱拱浮烟細細飄。色界三千懸白日，金身十丈下青霄。滹沱水急人南渡，恒嶽峰尊路北朝。若問龍興當日事，宋家陵寢已沉銷。

中山喜會熊斗山郡博

世路悠悠莫問津，相逢天末得交親。春風留客中山雨，旅館張燈故國人。博士能傳羊子業，參軍不減杜陵貧。我歌君和應同調，骯髒誰憐湖海身。

送張司農出守潮郡

司農出守別神京，南海於今一路清。地接七閩鄉語似，車聯五馬郡人迎。潮聲静處天平渡，荔子丹時雨滿城。千載猶祠韓刺史，知君應不負平生。

送陳希和扶侍尊君之任清福

三年兩度客長安，那説人間行路難。旅邸且修人子禮，他鄉不異故園歡。來瞻雙闕天應近，歸踏千峰歲欲闌。明到晉安應共笑，青氈白首一儒官。

送范别駕之任慶陽

看君别乘駕騂騮，西入函關古帝州。滿路晴光生嶽麓，隨車兩足渡涇流。豳人耕貉猶遺俗，漢吏衣冠亞列侯。此去誰羈龐統驥，康莊千里恣遨游。

題孫中丞藻西莊

來朝走馬藻西莊，便是江南雲水鄉。稻插新秧方十里，荷團小葉滿迴塘。樓開遠近看山色，岸折東西藉草香。不見當時車馬迹，空餘爐火伏丹房。

獻觀察王竹溪公二首

紫荆關鎖萬峰雲，金水泉隨衆壑分。玉節臨戎清朔氣，熊車馮軾映星文。春來閑牧城南馬，秋至猶屯塞北軍。不道時平無羽檄，采薇歌吹至今聞。

其　二

官屬何能似陸機，如公愛士世應稀。校書芸閣日岑寂，説劍侯門有是非。松菊徑荒空作賦，芰荷秋冷欲裁衣。衹緣曾下陳蕃榻，簪筆相隨且未歸。

送馬户部督儲還京

驛路鶯聲楊柳風，青春迴馬苑花中。三年易水度支裕，百丈關門虎豹雄。行幰暮凝山色翠，朝衣曉帶日華紅。清時更喜無烽堠，聖主猶論主吏功。

送王觀察移鎮赤城

鎖匙從來在北門，華夷元自限昆侖。寇恂不復居河内，吉甫還宜至太原。楊柳依依隨建節，風雲拂拂傍徽軒。知公自有安邊策，肯使諸酋負國恩。

送陸易齋丈南歸守制

河梁分手便登舟，别淚歸心並水流。君讀《蓼莪》增去恨，我憐芳杜結離愁。海東月白吴江水，塞北鴻飛上谷秋。歸到家林應改火，惟須强飯慰同游。

黄比部奉詔畿輔慮囚，便道南歸，卻贈

小至初陽半夜迴，簡書一道驛程催。冬行燕市無深雪，春入吴門見早梅。家燕定從花外集，使車還向斗邊來。袖中定有温舒疏，先立螭頭對御開。

送李清苑入覲

入覲諸侯盡向東，曙星落落動青驄。行瞻雙闕彤雲表，並列千官午夜中。問俗定先推輔郡，陳詩應首播皇風。何人姓字書丹扆，屈指臺垣已到公。

送蔡生

憐君蹤迹去無方，萍水東西是故鄉。曾踏丹梯游岱嶽，亦將彩筆奉梁王。重過清苑因春住，再别金臺覓路長。裘馬翩翩多意氣，客窗彈瑟對燈光。

送余都事解官還遂昌

二月燕南送客還，河橋春水自潺潺。羊腸路曲應須阻，桂樹叢深好共攀。買棹先過京口渡，結廬更入富春山。慚余何事徇微禄，白首風塵有汗顔。

寄邑令梁侯

爲縣三年有好音，種桃千樹已成林。山中久别陶弘宅，堂上遥傳宓子琴。風雨不孤明府意，桑麻頻繫故園新。南飛有鴈書堪寄，極目芳洲春草深。

題左將軍别業左公年八十餘，不入城府，常騎青驢尋山寺坐卧。

將軍瀟灑似仙官，避地城西四里團。地名。靈鵲巢低人可俯，東籬秋晚菊堪餐。朱顔素髮青驢背，野寺空山白石灘。三十年來城不入，何緣散吏得追歡。

壽趙方宇冏卿時謫保定郡丞，客有陸長庚在。

供奉元來是謫仙，東方待詔羨當年。虛舟不繫隨風轉，陸馬翹蹄喜性全。方外有人談妙訣，郡中無事得安眠。持來朋酒爲公享，誦得詩人燕喜篇。

曹閫帥城易功成賦此紀之

詔許重城易水西，征師烈烈自公提。周曹行處馬蹄疾，邪許音虎聲中百雉齊。旌旗風幡朱雀動，樓臺天倚玉繩低。中丞此日欣初落，功首將軍次第題。

將之楚留别孫文亭博士

故國他鄉倍有情，一樽相對且須傾。我彈緑綺君吹竹，朝别燕臺暮入荆。桂樹三秋花自馥，滄洲千里月同明。情知别後還相憶，遥聽冥鴻天外聲。

留别曹仞峰寮丈

携手燕南共謫居，臨岐分袂自踟躕。陳琳解草行軍檄，賈誼寧無太息書。天入滄浪雲水闊，霜清幕府井梧疏。不堪别淚沾沾下，湖上還應有鯉魚。

留别李易州兼懷觀察王公

自知樗散成傲吏，羨領芳州百二雄。愛客曾開高士館，題詩共上有名峰。燕臺駿骨今誰買，易水寒波自不窮。此去湖南迴首望，城南嘉樹又重封。

陸思山太守邀飲莆城南樓，悵然懷舊，因有此作

猶記同游楚水時，滄洲明月共襟期。潯陽江上聞伊笛，華子岡頭讀謝詩。千里驊騮先歷塊，一樽瓠落竟何爲？誰知十載重相見，燕罷南樓起舊思。

芋源遇周以東大參左遷歸省别後卻寄

客夜芋源悵别時，月明磯上水流澌。憐君初謝紫薇省，顧我還同野鶴姿。

舟傍蒹葭浮遠水，身隨鷗鷺夢彤墀。從來出處非人意，莫向山中問紫芝。

澧陵舟中病起示林生思虞

五月相將澧水東，滿江風雨一航中。不知客病憑誰减，轉覺滄洲與夢通。湘竹瀟瀟堯女廟，渚蘭汎汎楚王風。真圖在篋今休問，直待清秋禮祝融。

至都梁答陳克齋廣文見贈之作

蒼蒼郢樹望中開，驛路江程跋涉來。帝子三洲仍舊國，華峰雙頂有仙臺。席前醴酒因王醉，花裏新詩對客裁。吏隱於今甘寂寞，門如仲蔚有蒿萊。

懷詹汝欽少參兼呈社中諸丈

都梁爲客曳長裾，遥寄湘江雙鯉書。頭白羞稱神女賦，秋深苦憶浣花居。溪南垂釣烟波迴，郭北尋僧松月虚。爲問林中同社侣，别來詩思更何如？

冒暑尋寶方山諸洞，范典寶携酒至，遂欣然共酌而還

伏日來尋野寺幽，松門颯爽似清秋。城南雨歇龍歸洞，木末鐘殘僧下樓。玉乳倒垂青蘚濕，石蓮半吐緑烟浮。符郎亦有耽奇性，應許追隨載酒游。

贈别山人楊伯海還白下

廿年重向楚南游，今日相逢已白頭。日月峰前朝帝子，虹霓橋外訪丹丘。名園尚愛臨湘竹，江渚難維入海舟。惟是小山方外史，贈君空有桂枝幽。

中秋對月有懷二首

去年清苑值秋中，今夕三湘月色同。顧兔何曾分近遠，居人猶自念西東。霜前白鴈飛難到，天上銀河路莫通。不是嬋娟偏戀客，夜深應閉廣寒宫。

其　二

烏鵲翩翩棲復驚，草蟲露下作秋聲。開樽剩有天香馥，倚席偏宜夜氣清。

不淺庾公樓上興，因思玄度月中情。從今欲制荷衣著，止酒其如笑獨醒。

晚秋，陳右史招游寶方山諸洞，陳司理、張徵士同集二首

郭外寒郊寺不遥，到來祇樹復蕭蕭。洞沿流水迷歸路，石觸行雲但涌潮。仙鼠得砂能夜照，曇花作雨傍巖飄。同游况有烟霞伴，嗽齒焚香共寂寥。

其　二

毗盧高閣近諸天，客至攀迹亦有緣。别洞松蘿淹白日，上方鐘磬發孤烟。法輪自向空中轉，色界都從象外懸。惟是此心無住處，忽聞清梵復依然。

游武岡山龍湫唐柳公綽屯兵處，水石最奇。

來向仙源問隱淪，况聞銅柱表功臣。異時雲鳥依山陣，今日烟霞與客親。龍在潭中多雨意，花開洞口見漁人。清時作吏吾兼隱，休説從前拂面塵。

送張衛使得代還衡陽

提兵越歲始言歸，寒暑相將令不違。記得春來堤柳緑，可堪秋去塞鴻飛。三苗半已爲編户，兩戍猶然賦《采薇》。莫道太平勳伐少，蒙茸憐是舊征衣。

都梁長至

候管飛灰刻漏平，斗杓光轉二華明。歲時曾閲荆人記，雲物偏驚越客情。户外風傳梅有信，庭中苔破笋先萌。湖南氣候從來早，莫訝冬温日日晴。

答綏寧王别此君亭之作有序

王舊常飲此亭，因余家人至，而亭當寢室，不可復入，戲以蕉葉題詩别此君，即席裁答，只供一笑。

汝陽愛酒甕頻開，三斗朝天夢始迴。藩王不得入朝故云。蕉葉題詩傳席上，雲陰送影到庭隈。祇緣千里將家至，卻憶他時看竹來。若問此君别後意，琅玕百

尺倚雲裁。

盧都閫席上次綏寧王韻

高臺獨立午風凉，出匣龍泉那宜藏。徼外無烟猶自警，軍中有酒爲誰將。兔園賓客心同醉，虎帳旌旗馬獨黄。聞道北邊須李牧，可能南土滯輝光。

答莊梅谷太史二首

維揚曾寄北來書，鴈影翩翩慰索居。漫説齊門空有瑟，即愁楚客亦無魚。詞林自入神仙籍，吏隱何妨薜荔裾。猶幸蒹葭曾倚玉，論文那得似相如。

其　二

聞道乘軺西入秦，東歸風景及新春。過家爲愛承顔日，奉使曾同犯斗人。渭水終山猶在眼，石渠金馬自藏身。絲綸荏苒鳳毛舊，莫惜瓊枝一擲頻。

次綏寧王今是軒見懷之作

玉宇瓊樓出漢家，王孫何事厭豪華。辭榮吴劄真成隱，戀闕魏牟空自嗟。禁裏豈無驂鶴駕，溪頭亦有釣魚槎。采蘭伐木情何限，來日相期正及瓜。

七夕有感

女郎結束出中堂，瓜果將來刺我腸。空伏蛛絲成組織，錯看牛女作參商。人間此會應難再，天上今宵恨轉長。縱是一年逢一度，可能别後不凄凉。

寄林震西水部

都梁忽見故人詩，因憶城南分袂時。粉署再登南北部，倚琴長寄往來思。薊門日出烟光薄，湘水秋深鴈影遲。若問天涯流落意，穆生頭白欲何之？

清心樓爲維南題

聞君避地竹爲樓，世路宦情久矣休。睡起落花盈户砌，詩成初月在簾鈎。

曾逢仙客留丹訣，已作山翁自白頭。一枕涼風吹不絶，清湘應與夢同流。

寄户部孫文山丈

憶在都南逢計部，駸駸西去入秦中。春宵留酌遲更漏，驛路分携賦《角弓》。朋舊幾人今畫省，乾坤於我類飄蓬。岷峨猶隔瀟湘外，悵望燕山路不同。

送盧都閫赴西粤

仗策早登司馬第，提兵遥按柳公營。唐柳公綽屯兵武岡。旌麾不動三苗静，樽俎相歡四座傾。分閫即今臨桂水，封侯他日出龍城。驪歌祖席鳴金奏，此别爲君一整纓。

送范典寶入賀長至兼慈聖萬壽

亞歲修文表奏連，符郎銜命去翩翩。心同至日長添綫，路繞燕山已近天。藩國臣微將馬貢，潢源恩重賜金還。况逢王母蟠桃會，燕罷瑶池舞袖偏。藩王表賀只貢二馬。

同諸宗侯集陳右史署中分得“尖”字

雨餘清署見山尖，山色霏微晚入簾。投轄井中無逋客，談詩席上有掀髯。初星半雜銀釭照，香茗時兼緑酒拈。况是汝陽兄弟在，不妨人笑老夫潛。

同吴孝甫、蔣斯馨游靈湫，憩無涯上人房

凌晨共入仙源路，前度來游意未忘。水洞氤氲生暖氣，柏林森爽帶寒光。石門久闔無人到，净果何因滿樹香。我亦人間瀟散吏，再來問偈遠公房。

書無涯上人卷上人爲雲山主，復結静室同寶山，有戒行。

朝别雲山暮攬雲，徐飛錫杖出人群。松蘿夾道行香過，潭水吟龍洗缽聞。木榻不妨游客卧，苔巖曾刻演經文。朅來爲赴山靈約，坐對高僧虱滿裙。

再貽法光上人

遠公弟子住何方,猶祖東山舊法堂。斷碣已無鎸後字,慧燈還接定時香。鳥隨齋馨鳴珠樹,風散曇花點石床。聞欲閉關曾有偈,往來於我總無妨。

張太史陽和公奉使岷藩,出示經游名勝之什,作此

異代風流似馬遷,江山隨處識名賢。青蓮峰引開花句,白雪濤迎泛鷁船。星入天河驚使節,春歸梅柳度華年。相逢合在塵埃外,人是瀛洲閣上仙。

陪張太史游寶方諸洞,晚過武岡山,觀龍湫水石

寶方朝往暮仙關,竟日追隨接笑顏。入洞采真還出洞,北山蠟屐自南山。僧來頂禮青霄客,石立如參玉笋班。燈火滿林歸路暝,枕邊猶覺水潺湲。

樂善書院最樂堂

別館藏書芸草香,春風東帶共升堂。開筵欲講商周典,賜額長瞻日月光。觀樂何人曾過魯,歌風自古獨稱唐。兩階松桂交相擁,應厠徐劉在末行。

潾 潢 閣

傑閣層軒臨碧漪,新篁解籜玉參差。畫橋影落疑虹飲,嬌鳥聲傳似管吹。授簡幾人游兔苑,銜杯何分宴華池。湘簾半捲青天濶,一派銀潢第幾支。

成 趣 園

名園日涉坐忘歸,草色青青欲上衣。松偃如龍風雨至,花深爲幛綺羅圍。樓臺半出烟霄迴,池沼空涵星宿輝。但見睿情多燕喜,席前魚鳥亦相依。

小 畡 亭

別苑爲亭小畡名,横塘橋曲水盈盈。欲知稼穡艱難意,故有鋤耰暑雨情。

林鳥催耕農正急，倌人夙駕日初晴。康年明賜從天降，薦廟曾隨輦轂行。

游雲山，題勝力寺慧上人房

雲山深處是仙家，別有高僧誦《法華》。一縷爐烟縈幾篆，半空香雨入簾花。經聲杳杳隨風度，燈影幢幢向榻斜。惟有慧心長自在，豈知無量是恒沙。

贈秀才從軍者

昔年挾策到皇州，竟日相過盡貴游。翰苑贈詩珠滿案，將軍邀妓錦纏頭。桂枝月裏秋堪斸，金馬門前賦可投。何事十年猶未遇？班生擲筆欲封侯。

黄山圖爲吴孝甫題。孝甫久客真州，以此圖寄思。

幽居雲樹一重重，門對黄山六六峰。簷外泉飛長作雨，庭前松偃盡爲龍。廿年作客鶯花伴，四海交游萍水蹤。聞道故林愁夜鶴，莫教秋色老芙蓉。

將别都梁，同劉維南明府、張希孝徵士、蔣斯馨文學集曹侍御宅觀圖卷

留連杯酒若爲親，去住何由淚濕巾。執手莫言天下士，班荊豈是路傍人。圖書今夜名家賞，湖海明朝去國身。無那萋萋春草緑，定知相送出城闉。

雨夜與范伯英叢桂軒話别得“寒”字

湖南多雨暖仍寒，留客篝燈坐夜闌。同在異鄉無爾汝，得歸故里謝簪冠。囊空莫問甘麗糲，宦拙堪羞是素餐。酌酒與君須盡醉，依依猶自戀交歡。

留别劉維南明府

别君翻憶識君初，握手相歡意不孤。名許東山蓮社綴，夢將南嶽白雲俱。詩篇興到頻相和，樽酒官貧肯惜沽。今日分携各惆悵，子規聲裏渡南湖。

登岳陽樓有作，呈洪樂卿

巴陵勝覽在兹樓，今日來登散客愁。波静天開千里鏡，風恬人上九江舟。湖中山色連青草，夢裏宦情共白頭。如此風光胡不醉？故人况復在滄洲。

吕仙亭望君山即斬黄龍處。

吕仙亭子對君山，萬頃澄波映醉顔。耿耿寒光生劍氣，蒼蒼峰色結雲鬟。洞庭月朗遲歸鶴，湘竹風吹雜佩環。過客停舟空佇立，猿聲不斷淚痕斑。

泊舟潯陽，遲林登卿使君

當日潯陽人送客，而今湓浦客依人。傍檣一片江邊月，籠鬢雙蓬頭上巾。鷗鳥不飛遲使節，水雲隨住伴閑身。琵琶縱是臨船撥，不灑江湖外史臣。

過潯陽，再登海天樓

江樓一别歎風烟，十載重登思惘然。獨樹維舟當客路，片雲將雨過湖天。他年對酒人何處，今夕憑軒月共懸。猶有舊題堪自續，棹歌臨發尚留連。

酬别林丹臺孝廉

與君傾蓋復分裾，别恨匆匆夜雨餘。上苑年來看擢桂，碧山老去笑焚魚。高秋鴈落還家後，岐路心懸識面初。他日相逢難共料，可無書劄到吾廬。

登舟宿玉清觀

城西道院水西頭，楚客東歸夜泊舟。月近中秋浮桂影，人依玄榻卧丹丘。馮夷擊鼓蛟龍舞，神女弄珠霄漢游。仙管寥寥清夢遠，那知世上有王侯。

觀商山圖得“蒸”字

畫裏商山不可登，濛濛山色碧千層。老人身隱何曾出，太子書來那有憑？

流水潺湲巖際落，彩霞絢爛日邊蒸。留侯心計誰能識？漫説丹青比右丞。

過饒陽簡鄧海陽二守致謝意云

記得當春散别筵，滿城春雨曉綿綿。霑衣不謝使君去，薄暮還投野寺眠。曾道國中常集鳳，况聞境上有閑田。鯫生自覺倡狂甚，歸去還來愧爾賢。

同李使君咏洪湘南署中紅梅

梅邊夢覺月沉江，疑是佳人到北窗。香逐艶魂來紙帳，紅銷清淚灑銀釭。風前索笑情何恨，月下相逢影自雙。千里相思勞夢寐，而今始及我心降。

歸田日，黄以藩太守、詹汝欽少參、黄孔昭山人有詩見貽，作此奉答

授簡梁園愧不如，歸來秋色滿吾廬。問年正及休官日，行樂宜隨長者車。白髮有情終莫變，荒郊無徑欲教鋤。山靈不遣移文至，猶有詩篇慰索居。

題周行之筆耕堂

十年京國漫翱翔，歸向城東作草堂。庭院日長閑對鶴，蕙蘭風細静聞香。居同玄圃游何遠，身在文園病不妨。世路悠悠吾老矣，知君有賦擬《長楊》。

李祠部叔玄過訪，遂同登魁星巖，尋余舊讀書處

停車相過語依依，笑指巖棲在翠微。理屐爲尋芳草徑，攀蘿忽落紫苔衣。山中雲護藏書室，方外何人説息機。朝市山林原異路，問君何事款林扉。

懸碧亭晚眺得“收”字

懸碧亭高縱客眸，一溪夕照未全收。暮烟遠近村中火，斷岸東西灘上舟。飛鳥未休千里翼，孤僧獨坐一峰頭。知君此處多清興，應有新詩石上留。

巖房夜宿

空山寂歷夜何如,香靄燈光翠幌虚。雨色微明猶隱月,經聲欲歇尚鳴魚。齋心自覺通靈眖,清夢翻疑在斗墟。不是省郎多逸調,宦情未必薄巖居。

詹汝欽少參雨中招水榭對酌

江上瀟瀟雨未休,草堂高卧復何憂?賢人豈是終忘世,野客真如不繫舟。花徑苔深雙屐淺,釣絲風漾一江流。酒杯相命還相笑,忽見天南日影浮。

詹汝欽起補江西藩參,作勸駕以送之

抗疏歸來不爲名,已甘貧病老江城。聖朝猶惜朱雲直,南國重煩如伯行。捧檄苦辭門外柳,持杯笑别水邊鶯。從來大隱皆朝市,問俗看山共一程。

過張沖泉太守宅

公昔潯陽守郡時,謬參别乘日追隨。庾樓秋月同心賞,廬嶽春雲共手披。出處蛇龍應異地,死生朋友得無思。停舟欲弄山陽笛,瑟瑟悲風雙淚垂。

贈秋水明上人明醫

祝髮多年半偈存,來游佛國住開元。慈船欲度悲人世,藥鏡長懸照法門。洗鉢龍翻天竺雨,入林虎卧給孤園。誰知飛錫西來日,眼底何曾隔一垣。

賦得滿耳清聲

驛路迢迢西出關,一溪流水盡潺湲。風迴澗道盈雙耳,旆引鳴騶度别山。未解囊琴泉自響,但懸玉佩曉隨班。行邊處處皆清聽,悵望徵車不可攀。

秋雨新晴

秋深苦積連朝雨,霽景都無一片雲。林鳥高飛何太喜?園花半吐有微芬。

開門迎客苔猶滑，倚杖看山日未昏。共道難逢開笑口，清樽肯負白鷗群？

秋日登大觀樓覽勝

江闊天空落葉黄，高樓晚色復蒼蒼。烟霞結思依山岫，鷗鷺成群戀草堂。滄海月明珠欲吐，雕欄夜静水生光。眼前景物皆成咏，況是仲宣秋興長。

送林震西北上

三載懸琴今復彈，離筵莫放酒杯乾。林鶯送客長亭别，佩劍沖星北斗寒。折柳風前催去馬，垂紳闕下聽鳴鸞。股肱郡近應須寄，内史還須從漢官。

引泉灌花

解綬歸來已白頭，種花爲榭草堂幽。直愁焦土如黽折，故引清泉繞檻流。一注淋漓先雨露，幾番開落滿林丘。紛紛紅紫何須問，祇是閑情老未休。

聚緑亭同李叔玄户曹

緑樹連陰作四鄰，迴廊寂寂百花新。獨懸一榻爲誰下，多種幽蘭好共新。入户山光如揖客，隔林鳥語尚懷春。北窗高枕唯吾便，來往何曾問主人。

賦得佳人對鏡

花滿枝頭鶯亂啼，傷春無語坐深閨。鏡塵初拂驚容减，眉黛將匀想案齊。畫處青山空自見，妝時翠鳳欲雙棲。但教頭白長相守，錦字何勞寄隴西。

重游巢雲巖，值主人將出山，分韵留題

高士峰頭昔共扳，重尋苔徑到松關。千層瀑水從空下，一片白雲與客閑。手引藤蘿猿有臂，身藏巖下豹仍斑。我歸君出如相左，此别何須計日還。

再和莊進士中益招飲分韻之作兼呈伯氏太史

客來不速主稱東,玉樹花開相映紅。我自懷山宜寡罪,誰能愛道不憐翁。詩同郢雪應難和,酒侶澠池自不空。譚塵頻飛更漏轉,月華將雨濕濛濛。

奉和鄭心葵、張瀛臺二博士同詹明府魁星巖宴覽之作

才子翩翩迥不群,遥同仙令過溪濆。壺觴拼盡今朝醉,巖石兼留二妙文。晴日雲林添麗色,春山泉石隔塵氛。莫言林下無鮮割,猶有潯陽花氣醺。

答鄒四會、丁溪文

書憑雙鯉任浮沉,一字真堪抵一金。草緑三春游子意,月明千里故人心。舟虚自泛頻依岸,鶴老高飛祇在林。懷抱於今何處寫?山中聊寄白頭吟。

題金陵勝游卷爲章泉伯

當年結束秣陵游,豈爲黄金散客愁?隔水芙蓉猶木末,高秋燕子在磯頭。青山有賦憐江令,明月當樽醉蔣州。如此閑情誰復侶?新林浦上舊維舟。

冬日過水榭,懷咫亭主人

一從旌節别江皐,寂寂汀州生暮濤。香閣同登星使遠,綸竿不繫釣臺高。尺書隨鴈過彭蠡,十月逢春醉小桃。此際相思空極目,太山日觀首重搔。

五月十二日宴集蔣觀察宅,分韻得"雲"字

仲夏江城荔子芬,筵開北海復談文。市塵自遠騷壇客,酒興能驅筆陣軍。地白庭中應是月,峰多天畔總爲雲。不須更説如金谷,此日蘭亭共醉醺。

顔桃陵詩集卷四

七言律詩

過錦田酬别鄭瞻雲太守

來飲君家醉酒巵，出門秋色草離離。乾坤到處從爲客，歲月催人老自知。五嶽有緣扶杖去，片雲無礙任風吹。誰能更苦尚平略，目送飛鴻萬里隨。

行次莆陽，陳永嘉携酒飲李計部叔玄，邀余同酌

相逢不用通名姓，野鶴翩翩亦自親。清夜一樽臺上月，同心千里席前人。桃源久住因忘世，蘭水經過偶問津。今日不須論出處，對君傾倒任吾真。

南臺懷古

越王曾作釣龍臺，釣得龍時風雨來。江上草青餘沫在，天邊月落夜潮迴。泣珠猶下鮫人淚，説劍空憐霸主才。幾度汀沙分復合，廟門長對虎山開。

建安山行

駸駸驛騎四蹄輕，北度閩關尚幾程。曉發清笳通霧氣，夜聞殘漏滴泉聲。林花著雨枝枝重，谷鳥逢春處處鳴。好是風光堪醉客，不應行路又關情。

晚至武夷，遂泛舟過三曲，還宿萬年宫

桃花依舊昔年紅，誰道仙源路不通。向晚同舟惟一鶴，與誰問道到玄宫。

通宵爛煮山中石,清夢夜傳隧裏風。三十六峰無近遠,清晨還欲駕飛虹。

同李叔玄晚渡武夷溪,宿萬年宫

方舟向晚涉溪深,窈窕仙源路幾尋。松下鶴群皆道侶,雲中樂奏是鸞音。幔亭不接曾孫宴,詞客空爲太姥吟。夜宿玄宫清夢覺,丹山碧水恣登臨。

舟中讀蘇君禹學憲詩草,因憶庚辰西湖之游,作此簡之

湖上同舟記往時,舟中今見子卿詩。名高豈獨才情盛,意遠偏驚羽翼遲。潮白雪山迎客過,秋深雲水與心期。六橋十里芙蓉鏡,還許扁舟下釣絲。

投贈張望湖觀察

上谷聞歌猶昨日,仲宣作賦是何年?還家但買西湖棹,種稼曾無十畝田。千里心懸明月下,小山桂老白雲邊。今游頗似林間鶴,雙翼倏倏衹自憐。

渡江望金焦二山

天晴棹發大江頭,雙島迴看水上浮。瘞鶴巖傾潮未落,歸龍洞黑霧初收。懸空塔題蓮花影,招隱人憐桂樹秋。何事曉風偏太駛,一帆西去背眠鷗。

過徐州飲楊仰恂水部行署賦謝

朔風倚棹傍城闉,分署張燈燕笑新。故國鳳麟今始見,他鄉桑梓故相親。濛濛雨色沾衣濕,滚滚濤聲送客頻。迴首吕梁高百丈,仙曹冰潔玉爲人。

同李叔玄計部登嶧山簡劉鄒縣

零雨汶陽並馬遲,晴明鄒嶧到山時。振衣一覽中原盡,落日猶懸故國思。石上已無秦相字,巖前猶有魯儒祠。兹游何事懷明府,百尺高桐再發枝。

登吕梁孔觀臺

大河東下吕梁開，夫子觀時尚有臺。巨浪澎奔飛沫至，青天寥廓旅鴻來。鄉心一片孤雲在，客路千程寒色催。不是游人情易感，臨流應自重徘徊。

望　皖　山

舒州古道皖峰前，日月山頭生紫烟。武帝望柴如五嶽，支公飛錫下三天。泉分北道流清野，風卷寒雲吐石蓮。莫怪陰晴朝暮異，此中别是一山川。

經　嶧　山

路轉徐方山復東，嶧陽萬古鬱蒼蒼。峰頭日月銷秦碣，地上桑麻盡禹功。野色平分通雨澤，風光初轉到梧桐。遥瞻絶頂青宜表，尚有東皇太乙宫。

呈陳玉叔方伯

早紆金紫負才名，絶代風流霄漢情。曾入武夷稱使者，又登廬嶽主仙盟。紫薇花對青雲閣，彤日天開五鳳城。朝罷從容歸邸第，陽春一曲上林鶯。

追憶潯陽舟中舊事

里過盆浦遇君時，江草芊芊雪浪披。青雀舫中歸客夢，白蓮池上使君詩。滄州鷗鳥偏相狎，星漢仙槎遠莫期。不是朝元來日下，烟波萬里但相思。

立春日過李計部澹然軒

軒居如水澹無營，脈脈春從昨夜生。試筆墨池玄凍解，褰帷晝省浪花輕。坐鄰東壁圖書暖，夢覺中宵蘿薜情。騎馬趨朝歸對榻，白頭真愧老柏榮。

同符丞周秘書、李民部兄弟集黄法曹宅

春宵依几復登筵，銀燭高燒吐緑烟。喜得清吟凌白雪，羞將衰鬢對華年。

杜陵老作長安客,西省人同上苑仙。休沐不妨文字飲,鶡冠何幸厠群賢。

答王獻甫中山見懷

我客燕臺閲歲新,君留趙地與誰親?連城璧在應無價,賣駿金多别有人。杖下白雲華岳路,枕邊流水武陵春。憑誰引卻游仙夢,欲拂都風陌上塵。

書懷呈洪司諫

游談稷下一何多,旅食京華兩鬢皤。天上故人青瑣闥,山中舊事白雲窩。漏聲猶滴鳴珂入,酒暈初消擊筑歌。萬里鄉心春欲半,一函封奏夜如何?

都門送林登卿使君還汝寧

嵩高嶽下古中州,執玉萋苴走列侯。南國大夫皆正直,汝寧太守更風流。朝迴旭日生衣上,别去春雲擁馬頭。何事風塵能汙客,閑人到我可遲留。

春夜同黄孔昭徵君集孫法曹

燕臺作客吾已老,比部爲郎君尚强。讀法著書多暇日,談詩醉酒盡餘觴。争妍桃李從喧鬧,結伴烟霞許徜徉。九十日春今已半,良宵誰肯負高陽。

送黄紹夫比部出守贛郡

清朝名石法曹郎,領郡迢迢去路長。馬渡雙流高貢水,檄傳諸洞桀驁鄉。星光臨處人皆喜,雨澤深時草自香。暇日登高宜有賦,風流不數潁川黄。

都下答贈軍司馬韓寧宇

燕市南頭問酒壚,相逢意氣似君無。郗生曾作幕中客,張翰猶思江上鱸。細柳春條經雨緑,三茅峰色入雲孤。從來此地淹豪士,千里驊騮幾過都?

簡符卿郭希所

林居不復向朝班，爲客京華接笑顔。松桂不移巖下性，華嵩只在席前扳。匡時有疏長焚草，遇主無心幸轉圜。長孺自須留漢室，梁鴻終老會稽山。

送吏部蔡拱朋參知東粤

一代風流吏部郎，高秋明月共清揚。出參行省中書日，坐領度支使者章。五嶺天低南斗近，薇垣星映北辰光。知君此去頻迴首，猶似含香在帝傍。

將出都留别李伯東司農

西望華山空自高，南游吴苑傍仙曹。虚懸去後陳蕃榻，猶戀來時范叔袍。幾度人歌燕市月，一帆風送廣陵濤。天南地北情無限，兩地相思首重搔。

出都寄酬何稚孝進士

南歸又上李膺船，北望燕臺斗柄懸。方朔金門方待詔，子雲白首故稱玄。五湖秋冷烟波闊，上苑春深雨露偏。簪筆承明宜有賦，青山歸老樂餘年。

儀庭以少宗伯請告歸侍太夫人

兩疏情深聖主憐，璽書又下五雲邊。朝廷祇重持衡地，學士何須避世賢。周道風清無六月，安車程緩稱高年。都門燕喜同家慶，况近層霄雨露偏。

答蘇許州讀樗生舊草次韻

自歎樗生老尚狂，憐君同調更清揚。凌風玉樹偏依席，待月瑶琴欲解囊。暑氣漸於秋夜減，客懷真爲故人忘。當杯漫把舊詩讀，莊舄吟詩那有章。

郭勳卿招游西山别野

蒼松夾道槿成籬，迢遞相過不負期。林外湖明烟散後，花間春曉鳥啼時。

乘槎向月天疑近，踏屣尋仙路不迷。何幸得憑青玉案，陶然共醉紫霞巵。

别黄孔昭後途中却寄

五嶽尋仙未有緣，長安爲客悔經年。忽聞吴咏因乘興，爲拂京塵上別筵。處士禰衡元不賤，風流賀老亦成仙。桃源洞口人稀到，一任漁郎繫釣船。

雲龍山懷古

雲龍山枕古彭城，放鶴亭因處士名。霸業已隨流水去，高軒猶並數峰青。天中白日浮真氣，臺上悲風作楚聲。滿目河山如畫裏，躊躇空繫古今情。

同李叔玄部使登懷闕樓

雲構層開樓八窗，下臨湖海接三江。空中挾雨蛟龍過，水上飛帆金鼓摐。無罪懷山尋五嶽，有情戀闕向南邦。如余蹤迹今休問，隴上歸耕人姓龐。

客虎丘，李計部叔玄就山中爲壽，謝以此詩

卯君生日伊誰紀，去歲榕城今虎丘。七十年過徒浪迹，使君情重總難酬。長生酒借天花獻，香積厨兼玉饌羞。若比香山應最似，樂天此地昔曾游。

吴門逢高士陸伯生

翩翩雙袂步行徐，袖裏真人柱下書。關尹猶能占紫氣，國門安可祀爰居。江潮未上秋波淺，客纜重維岸柳疏。十載神交今始面，連宵風雨夜何如？

借榻虎丘幼于惠顧

海内交游百一詩，和風朗月共襟期。天邊草緑連吴苑，林下人閑卧武夷。介紹未傳千里駕，江山頻繫寸心思。何緣此日招提境，傾蓋如逢玉樹枝。

訪張幼于奉答見貽虎丘之作

猶言五嶽未能登，何幸三吴識季鷹。山寺月明金粟地，草堂人對玉壺冰。紫薇花下如澠酒，白石峰前有髮僧。縱欲逃名應未得，閉門猶恐鶴書徵。

張光州枉顧虎丘

曲水堂前集衆賢，光州太守更翩翩。狂來酒數何曾減，老去人情祇共憐。携手同看胥口月，挐舟歸拂白堤烟。勞君特地相尋訪，野鶴朝飛暮始還。

過吴門簡大司寇王弇州先生二首

遵海南來江水東，詞名千古更誰雄。機中文綺傳周制，澤畔香蘭自楚風。康樂拜官常謝病，嗣宗玩世漫愁窮。若論方外從疏放，猶是人間有華嵩。

其　二

憶昔江州從事年，小孤山下揖名賢。仙槎如坐青天上，秋水初生白鷺邊。潮到潯陽通楚澤，人從廬嶽望星躔。誰知十五餘年事，猶自依稀在眼前。

吴中喜會黄嶼南有贈

楓落吴江秋不歸，相逢天末語依依。書成於汝愁應減，戰勝於今體較肥。客裏黄花堪共把，霜前白鴈已南飛。烟波千里頻迴首，九月山中憶授衣。

瑶林莊雨中賞牡丹

翠合瑶山水一方，輕舟摇漾繞迴塘。催花小雨晚還霽，媚眼嬌紅濕不妨。膏沐爲容閑對客，闌干徙倚静聞香。東風自有將扶力，花謝何勞錦幔張。

吴門遥寄太康王竹溪中丞二首

中丞書寄朔風長，便欲西觀古帝鄉。千里相依同華嶽，一朝謝病類淮陽。

歸懸熊軾成初服，坐對青山集古方。若論蒼生懸望意，竹林未可恣徜徉。

其　二

易水當年歎轉蓬，迴思舊事已懞懞。黄金市駿從誰始，白雪徵歌許我同。天外三峰空入望，眼前一葦恨難通。江南猶有隨陽鴈，拂羽還應過汴中。

李叔玄計部同鄭使君西山觀梅宿朝玄閣

使君並馬出江關，野客相將共往還。十里梅花春爛熳，一村流水日潺湲。閣中對榻同清夢，月下傳杯接笑顔。不是高情如水部，那能尋訪到湖山。

將南歸謝留長洲刻寓燕稿

芳杜長洲吴苑晴，春風倚棹聽潮聲。相門孫子同韋氏，邑宰弦歌似武城。柳色有情牽客思，桃花無語傍歸程。憑收瓿覆揚雄草，並見蒼葭倚玉情。

傅金吾以母老請告，賦此奉贈

金吾衛尉漢廷臣，世典親軍侍紫宸。將母情深烏鳥疏，承恩波及白頭人。錦衣每效萊兒戲，萲草長逢堯曆春。我亦爲君歌燕喜，通家何必是芳鄰。

岳　墳

慟哭班師寂寞迴，風雲慘澹將星摧。游魂終古何曾散，落日中原真可哀。冢上松枝無北向，廟前湖水自東來。可憐陵寢無尋處，日月依然照夜臺。

百花堤閑步

長堤十里百花欄，載酒來游緩步看。香霧濕衣吹不散，緑陰移舫坐生寒。斷虹薄暮收殘雨，新水準湖汎紫蘭。一任傍人歌欸乃，浴鷗飛鷺晚同歡。

錢塘留别周象林大參

欲往湖南先適越，故人相見語依依。舊時鳳閣聯青瑣，今日蒼山對紫薇。

簾卷湖光當客坐,雲移峰影到公幃。明朝一棹嚴陵瀨,潮落潮生白鷺飛。

游天目東峰,宿昭明寺

天目東峰雲作梯,到來但覺衆山低。葛仙丹穴池長滿,帝子經壇樹盡西。泉落虹霓生鷲嶺,龍歸風雨散苕溪。琳宫直傍青霄畔,夜半陽烏海底啼。

送李叔玄督學山西

南宫新拜佩垂魚,憲府還乘使者車。三晉山從雲外出,兩湖水自地中紆。康衢謡俗今何似?子夏門人尚有書。此去定宣明主意,莫言世道盡沮洳。

賦得河陽花送陶博士令洛容

青氈不厭廣文寒,握手三年别亦難。去作河陽花縣宰,還思白社故人歡。城中好似春三月,嶺外何愁路百盤。行到洛江迴首望,五經閣在五雲端。

壽詹司寇汝欽

草堂共酌紫霞巵,水榭追隨復賦詩。豈謂同心人自少,直須到老是深知。仙源地僻桃花滿,佛耳峰高白日遲。耄眼看君年似壯,而今好是出山時。

爲少參砂塘丈八十壽

少小詞名比陸機,金閨通籍際明時。猶如入洛人争睹,況復登臺鶴與隨。老去看棱占道氣,歡來彩袖任兒嬉。門生此日如房杜,復許山翁共賦詩。

題何儀部自誓齋

去國棲棲戀故園,青山依舊席爲門。著書遍寫南山竹,留客頻開北海樽。石下流泉空液潤,林間置榻荔陰繁。縱然寤寐難忘此,漫向先塋作誓言。

賦得清福篇爲詹司寇咫亭七十壽

予告歸來饒歲月,豈緣憂國鬢成絲。史臣盡録焚餘草,吟社同稱删後詩。

懸瀑長看巖際雪,臘梅早放水邊枝。如今清福誰能似,上帝於公有所私。

送池太常明洲、詹司寇咫亭二先生伏中游莆陽諸寺

巾車並駕欲何之,興在湖山預作期。不憚炎蒸遵海曲,如逢冰雪到壺時。谷城仙館應留客,南寺溪亭好咏詩。真笑少文圖四壁,卧游共繫往來思。

奉和詹司寇池開並蓮志喜之作

清漪小閣熏風扇,並蒂芙蓉花可憐。疑是水濱雙窈窕,何言世上好因緣。承暉濯濯如新沐,挹露娟娟亦静妍。今日草堂人共老,吟成携手向江天。

賀程參伯慎吾公子領鄉薦

紫薇閣上鵲聲頻,底事朝來報喜新。片玉登科公有子,九苞儀羽瑞爲真。世間難得從心事,闕下欣看對策人。總似南山橋與梓,應須並作有周臣。

寄贈藩參甘使君

黄華作鎮劍津雄,地據上游炎海通。嶽牧具瞻千里共,旬宣有待八州同。雲山渺渺幽人思,旌旆翩翩南國風。聞説使君重詞賦,遥將片語附飛鴻。

爲張象洞州守壽母太夫人八十

雪峰高起澗流東,此是夫人處子宫。芳藻已賡南國薦,慈萱又喜北堂紅。一籌歲歲來天外,五馬駸駸向粤中。好把霞觴爲母壽,瑶池歌鳳聽無窮。

宴坐琴莊,奉和林震西太守、詹咫亭侍郎之作二首

匡齋閑寂真修處,小徑紆迴二客過。昨日履痕苔復合,中天月色夜如何。當窗芸草禪心净,在膝琴張古調多。盡日和風吹不散,枝頭幽鳥亦同歌。

其　二

琴奏希音動五弦,此時如在太初先。遽遽夢覺花間蝶,隱隱春生洞裏天。

木末一燈星共照,臺中十咏思應玄。同聲自昔稱元白,漫説迂生已耄年。

蘇弘家大筆堂

西園菜甲美清芬,草就玄經早有聞。彩筆千尋從引手,青天一片可書雲。客來小摘情何厚,詩到同聲咏不分。似此高風吾共許,其如官獨住斯文。

同劉司諫,何儀部,余山人,粘、王二生飲洛橋亭

洛江橋鎖石垂青,雉堞周環縹渺亭。行與水雲來復往,飲招仙客醉還醒。蜃樓高結何曾散,鮫織如閑不暫停。謂是蓬瀛猶恍惚,憑欄東望海溟溟。

挽黄少原大參

予告歸來閲歲時,不逢盧扁問誰醫。紫薇省裏空懸署,白玉樓中預作期。阮籍咏懷誰托酒,蘭亭留草每臨池。知君無復人間恨,惟是高堂烏鳥私。

南國咏思篇爲程盧陽公作

昔年將母乞歸遲,簡命今來慰我思。一道旌旄新使節,千秋祠貌舊官儀。東郊人睹峴山石,南國春生棠樹枝。此日相迎齊下拜,顔生九十尚稱詩。

黄懋顯邀登樇臺,同賦九峰一抹,得"風"字

樇臺遥望九華同,天上輕霞一抹紅。老去何曾羞短髮,興來還欲賦秋風。參差削出青蓮朵,仿佛如逢金粟翁。况是重陽佳節近,陶然共醉菊花叢。

九月三日,蘇弘家學憲邀集園齋看菊,期何雅孝儀曹不至,同用"陽"字

霜前白鴈催花信,籬畔寒花已自黄。欲制頽齡堪滿把,可無佳句負清觴。娟娟月向天邊照,拂拂風生袖裏香。水部不來殊減興,寄聲幾日是重陽。

大椿樓爲李封君一昆遐壽之祝

昆侖洞裏大椿樓,樓上逍遥日坐游。山好何曾分近遠,年多誰與計春秋?錦衣並學斑衣舞,西海如添東海籌。亦有弟兄交一臂,漫言惠子與莊周。

李學憲叔玄邀集聚緑亭,同仲熙孝廉,黄懋顯、周文昭二文學分韻得"陰"字

下榻當年愛緑陰,今來臺榭更高深。兩峰鬟結元相好,群木交枝已作林。詩若青蓮稱仲叔,人偏黄髮喜歌吟。坐中亦有通家誼,况復同聲式似金。

邑明府夏侯枉駕山居,乃下車三日也,賦此謝

聞捧除書出帝京,一辭相府便趨程。來當大火炎威散,坐愛新秋素月生。野老惟知談稼穡,大夫何事賦干旌。風流千載還今日,又見斑斑組練明。

奉和夏明府冬日宴集魁星巖之作

登高能賦壯懷開,况是大夫擅楚材。公暇有期命駕出,宴酣中夜傍星迴。詩如白雪應難和,景到青春好復來。料得山靈他日待,老夫杖履願追陪。

登崇陽門樓懷古樓祀唐泉州刺史王公潮。

危樓奕奕古城門,日暮憑軒故念存。王氏舊爲州刺史,泉人總是漢黎元。萬家鱗次青烟合,四野陰連紫荔繁。報祀今猶勤伏臘,堪嗟人代幾乾坤。

六月十六夜,同張孝廉赴高潘伯拱辰樓之宴,賦謝

三峰矗立一樓雄,縹緲清虚望不窮。薇省高居當斗北,虎山蹲伏向瀛東。珠還水映滄洲月,漏滴更傳甲夜風。此日使君欣對酒,座間亦厠白頭翁。

有懷許升廷二守

去年曾寄皖城詩，秋水茫茫鴈過遲。豈料看碑人墮淚，可堪捫腹獨成悲。紫雲社裏留遺草，黄菊花時憶舉巵。今日登堂人不見，庭前還擢桂林枝。

爲太學生鄭爾珍節母七十壽爾珍以母命往應天應鄉試，先爲致祝。

堂北萲花慈節同，冰霜歷盡倍鮮紅。斷機曾似孟家母，解佩舊聞齊女風。游子何爲千里別，征衣猶是一針縫。定知擢桂如郎伯，召客先須及里翁。

題王玉生爲黄文學畫衆山皆響圖

愛君簡寂道情深，室有幽蘭几有琴。瀌瀌泉聲弦裏奏，蕭蕭雨色客中吟。卧游誰倩丹青手，宴坐惟同山水心。好是龍眠居士筆，興來杖履每相尋。

何儀部稚孝五十爲壽

大夫能賦早登壇，高卧城東似考盤。天賜燕閑恩獨厚，年方多益老應難。石間不厭知惟汝，世上何人識是官。但恐一朝宣室召，豈容自誓且彈冠。

李叔玄學憲邀飲仲氏孝廉别館，見早梅，同用“梅花”字

冬至城南梅有花，看梅扶杖到君家。一枝折得堪問笑，百盞斟來不待賒。清韻吟邊香暗度，幽情月下影初斜。歸時誰作羅浮夢，覺後猶疑透碧紗。

送安卿弟貢上春官

斗柄東移子北征，漢家宫殿出蓬瀛。渡江一棹三山雨，走馬清朝五鳳城。暗擲明珠疑夜至，高飛鴻鵠待秋横。吾家師古明經術，此别沾沾喜色生。

送張公士入京[1]

吟龍樓下龍出溪,樓中人亦豈閑棲。琴書一束相携去,遥指天門路不迷。

其　二

天門日出烟霧開,中有百尺黄金臺。君到長安如郭隗,應知駿馬爲君來。

咏蟬粘蛛網喜得脱去

吐絲羅織蛛稱巧,入網羈棲豈暗幾。游即神仙聊偃息,飲惟沆瀣便拚飛。安心自合無菑害,不話何曾有是非。爲語悠悠寓世者,至人道只在無機。

游小龍湖巖

天馬元來亦是龍,真僧缽裹也能容。有時去作山前雨,清夜來聽月下鐘。一注泉聲分瀑水,萬年秀色結雙峰。而今兩鬢皤如鶴,猶喜阿咸載酒從。

陪詹司寇游龍湖寺復題

不慕僧真愛道真,金峰碧水映千春。龍宫高起三千界,華蓋遥臨八座人。河近斗牛懸几席,林幽蘿薜掛衣巾。共言汗漫游方外,莫笑年來老大身。

臘　　月

楚天臘月雨仍暉,氣結雲蒸斂朔威。只有湘梅如雪霰,何勞吴繭著裳衣。巢峰出樹疑春早,簷雀依人得食肥。冬熱少陵詩最苦,還愁驕虎尚雄飛。

三至半偈齋得"都"字林明府次君仲謨讀書處。

問君昔作弦歌宰,何事今朝倒百壺?行倚琅玕過别院,坐疑巖岫接青都。愛山成僻吾忘老,對酒當歌興不孤。壁上舊題應再續,齋中半偈可曾無!

冬日宴集王肅卿明府東園别業,得"春"字

解組歸來頭尚黑,東園開徑竹猶新。田惟香秫逢豐歲,坐對南山是故人。玄晏多書堆滿屋,淵明有酒漉須巾。知君愛客情無限,不盡尊中竹葉春。

同張公士夜登涌月樓

雙構層樓俯雉城,下臨溪壑水流聲。千峰雨過寒空净,一片月來中夜明。滉漾珠光神女弄,參差桂影鵲橋横。不知此際清虚甚,誰識悠然物外情。

寄題李繼啓、繼沃二文學雨花亭

去年載筆梅花館,今日題詩寄雨亭。空際飛花紅片片,巖前瀑水玉玲玲。草玄已就誰相問,説法何緣得共聽。爲謝遠公休禁酒,淵明愛静不持經。

茅翁巖李學憲叔玄爲封君祈長生之地,茅翁此山之神人。

茅家兄弟羽差池,此是金堂更屬誰?鴻賓有書曾秘授,桃源舊路不須疑。樓臺上下烟霞繞,洞壑高深日月遲。人已成仙何走訝,丹丘紫閣並巋巋。

登樂山遠望山有五峰,曰東、西、南、北、臺。

一雙履齒五峰游,烟靄濛濛忽自收。海國千方連粤徼,星躔一道盡揚州。臺中遠覽吾青眼,林下相逢僧白頭。爲祝神仙應咫尺,橘中亦自有瀛洲。

同詹司寇宿樂山留題

丹梯萬丈路疑分,直到峰頭訪隱君。已熟瑶林千歲果,徐開玉笈五臺雲。逍遥客本神仙籍,縹緲情同鸞鶴群。信宿琳宫清夜半,寥寥笙樂似曾聞。

觀　日

披衣同上此峰頭,拂拂天風吹不休。來候初陽猶五夜,忽驚炎海炯雙眸。

金波瀲灔光無定,絳彩紛披氣復流。從此大明何不照,漫言岱嶽典羅浮。

至漳南爲廉訪青崖高使君致祝

臨漳自古稱雄鎮,廉訪新銜亦總章。萬里海天消戾氣,九秋柏府肅清霜。三山作頌從他日,南國歌風又一方。只道此天人共有,使君真笑老夫狂。

再呈高廉訪使君

傾蓋當時有夙緣,柏臺薇省日高懸。清暉曾照桃源裏,一杖還來漳水邊。總謂素飧非志士,但須行樂盡餘年。使君亦許榮生老,鼓瑟酣歌祇自憐。

輓戴太夫人林氏

東方欲曙歲星光,其奈蘐花夜有霜。紫誥高懸穗帳冷,朱弦忽斷白頭傷。莊周情切歌爲哭,曾子思深淚作行。吊客三千名下士,鯫生老矣亦登堂。

戴中丞簪雲樓宴集得"樓"字

簪筆雲中對石樓,攀登此日際新秋。東來人自朝天至,西去溪長繞郭流。列戟遥臨羊氏府,貯書近擬鄴家侯。宴游雅愛群公子,不爲仲宣一散愁。

秋日同戴亨融觀察及諸群從亨文集文漪閣

湖上風微水作文,閣中山翠擁晴氛。魚浮素影何多尾,鵝泛清波不離群。謝草已生他日夢,郗林應見一枝芬。迴闌徙倚看明月,醉裏伊人截練裙。

游天柱山

一柱高攀路百盤,三秋天雨縱游觀。晴空影浸滄溟小,明月光流清夜寒。官閣梅花猶入夢,丹丘芝草許同餐。但言筋力非年少,遍討幽奇覺杖難。

謝蔣太史枉駕

蹁躚仙史玉爲堂，汗漫游人髮已黄。静愛華林雲水翳，近連蕭寺雨花香。風流殊伐猶相望，騷雅同聲那有方。自喜登龍當此日，夷門義重總難忘。

寄懷戴亨融觀察余訪亨融時，風雨到門，留半月乃歸山中，有此寄。

平原愛客卻歸遲，獨坐空齋憶往時。風雨載途宵款户，溪山對酒日題詩。忘形曾據鄭公榻，賭墅頻看謝傅棋。寂寞林中春又半，停雲倚杖益相思。

壽郡伯同節姜公祖

黄堂如水荔垂陰，案牘何曾損道心。千里惠風吹草木，中宵朗月在懷襟。臘連新歲陽和滿，人願期頤頌禱深。柏葉椒花今共獻，君侯應許十分斟。

郡守姜侯公子新補弟子員，賦釋菜詩爲賀

南國騶虞化日長，翩翩公子富青箱。授詩且習三千禮，釋菜初瞻數仞牆。好似朝陽雛凰舉，更看上苑桂枝黄。君侯勝事年年有，況復春生管簟香。

同何儀部稚孝、蘇學憲弘家集蔡忠惠公祠，是日送郡守姜侯入覲，夜步月橋中，各賦一詩

洛陽截海三千丈，太守祠今五百秋。漫説馳書通水府，但看勒石作銀鈎。朝京有客清晨發，步月何人中夜游。如此長虹天下勝，題詩誰不想風流。

端午同何稚孝、蘇弼寰陪程信吾郡伯笋江泛舟二首

五月江清樂事饒，郡公並許野人邀。來時乍見雲中日，泊處初生午上潮。南望滄浯還向若，北瞻雙闕欲趨朝。持杯不獨酬佳節，爲賀升平風雨調。

其　二

如此江山不負期，宴游兼是省方時。水田緑泛稻苗穎，林圃紅燒荔子垂。

十道橋門人盡拱，半簾江雨日方遲。更須共倒杯中醁，一任輿臺待水湄。

過劉參知臺巖先生高齋有杯

君居江上播清風，我卧山中夢與通。諫草久焚身又隱，酒杯不減道誰同。伊人今有如儀部，在世猶然愧老翁。惟是千秋還共感，過門何事不忡忡。

投贈郡别駕汪侯

温陵舊是剌桐城，今日人傳龐統名。别乘朱幡聯五馬，分符鼇海動雙旌。涓涓水流堂中聽，穆穆薰風坐上生。如此道心誰不羡，賢書應已達承明。

喜郭明府至南安，投此見舊吏之情

憶别江州年已多，東林夢裏尚經過。故知廬嶽應無恙，爲問江流更若何。明府携來清澗水，老夫猶卧白雲窩。出山暫與玄猿别，一見星郎不復他。

黄賓寓爲余壽詩有"練就大丹色已紅"之句，因而答之

仙人漫説有靈丹，若問山翁語亦難。只似眠鷗波上泛，也同陸馬草中翻。南華老叟真堪羡，東郭先生善自寬。今日與君無長少，談詩相解足相歡。

燈夕奉邀邑明府夏侯同博士姚、黄二先生宴賞紀事

桃源爲縣絶風塵，黄髮山翁興復真。佳節曾迂仙令賀，清宵並集廣文人。步隨燈影疑星聚，笑領風光與客親。此會定應傳勝事，賦詩能寫幾分春。

再呈夏明府

滿城燈火夜如何，遥望旗麾晝日過。帝里曾聞祠太乙，鄉人猶自叫彌陀。青天片月杯中照，永夜繁心閣上多。明府與民歡樂甚，和聲翻入里兒歌。

楊荆巖太史自笋江泛舟，經宿九日山下，遂明日登雪峰至其絶頂，凡得詩四首，歸以示予，作此奉答

笋江潮上泛蘭舟，暮宿金溪訪昔游。山迴雲遲金馬客，月明人上雪峰樓。詩題禪室誰同調，地迫寒空衹漸留。十日爲期歸尚早，令人翹首望瀛洲。

李叔玄道院分韻見不出山意，依而答之。

老去相尋藉小車，巖幽一任逕紆斜。笑余秃髮如伽蘭，羨爾心遥傲紫霞。苦謝聖朝留病疏，更期野叟醉黄花。惟須能飯猶今日，來往行歌不待賒。

上張觀察

環海東南古七閩，而今按節重臺臣。使君猶是常觀察，野叟願同化國民。衹事耕桑忘帝力，都無烽火樂陽春。縱言帶索如榮啓，幸際清時老此身。

上郡守陽侯

温陵郡是晉時名，太守人言當世英。賢比端明兼翰墨，禮尊耋耄作先生。一聲鳴鶴雲天迥，千里惠風草木榮。愧昔有官同倚相，殘經徒讀老林扃。

賦得寰區八大景得“真”字

寓内奇觀總絶塵，曾言有四八何神。也因夢寐游應到，别作乾坤話未真。恨昔一官羈逸足，且浮大白寄微身。尊前衹有丈餘地，須上熙臺岸角巾。

再過餘干，用劉隨州登古城韻

楚水吴山道路齊，暮投于越水東西。無菑已喜農時穩，有客何妨兒夜啼。烟火萬家湖市遠，蒹葭十里浦雲低。他年車轍今重到，猶是依依桃李溪。

七言絶句

對菊四首

移來叢菊九秋黄,幕府何如三逕香。雙鬢颼颼如野鶴,獨醒猶自立斜陽。

其　二

謫居莫自笑伶俜,綻玉舒金已滿庭。欲把一杯酬令節,與誰同醉與誰醒。

其　三

曾過東里想風標,何事花前歎折腰。門外飛塵高十丈,可能掃去卧山椒。

其　四

重陽已過小春來,寒蕊經霜猶自開。半卷《離騷》行且讀,庭前一步一徘徊。

李參軍兆禎寫梅一枝見贈,因作憶江南二絶句答之

去歲江南見早梅,山隈水曲一時開。美人何處傳消息？昨夜分明入夢來。

其　二

夢裏分明覺後疑,憑君寫出向南枝。暗香疏影黄昏月,絶似西湖蘸水時。

寄贈琴師鮑陽春二首徵舍弟京邸就學,因有此寄。

江湖獨抱一琴游,千里陽春指下收。日暖風和喧百鳥,不知春已在皇州。

其　二

由來此曲少人傳,誰把歌聲入素弦。欲聽穎師彈一曲,何緣促席在君前。

讀木蘭辭四首有序

余嘗讀古《木蘭辭》,意木蘭一女郎耳,而有丈夫之氣,爲之驚歎。乃今至完,則聞城南有將軍祠,女身而戎服,蓋木蘭也。以其從軍至此,故祀入而修禮

焉。乃用近體續古辭題於祠。

將軍祠是女郎祠，具胄朱裞窈窕姿。十二策勳歸解甲，至今人唱《木蘭辭》。

其　二

脱珥荷戈衹爲親，出門同是北征人。軍中但説郎君好，誰識郎君是女身？

其　三

十載同袍誓死生，向來爲弟與爲兄。到來共拜家堂後，重理紅裝衆始驚。

其　四

生男生女莫悲歡，女子從來有木蘭。身是女郎心是鐵，丈夫空自鶡爲冠。

題龍泉寺水竹居

四壁青青一梵林，無冬無夏有龍吟。山中只許交僧卧，自汲清泉見道心。

齋中雜咏

柏

柏葉森森柏子肥，日光滿地緑陰圍。誰言幕府非烏府，也有祥烏繞樹飛。

槐

憐爾新槐七尺强，秋來亦解破鵝黄。故園迴首八千里，别後庭枝想倍長。

柳

窗前兩見柳花飛，春去春來换客衣。那可箇中攀折盡，猶憐不得共春歸。

芍　藥

玉壺分藥出仙家，一種風流帶晚霞。白髪自知春已暮，留將春色在天涯。

園　蔬

舍傍隙地是官畦，雨過青青菜甲齊。魯相拔葵緣底事，漆園傲吏稱幽棲。

飲劉將軍宅，次任别駕韻

早到山堂暮始迴，笑看花落又花開。主人尚有樽中酒，臨去花前盡一杯。

燕將閑居行，爲副總兵馮公登賦三首

聞昔提兵遠渡遼，月臨青海馬蕭蕭。功多不向人前説，仗劍歸來自寂寥。

其　二

猿臂將車不總師，陳湯功在復何如？而今門内抛金甲，猶自高眠枕素書。

其　三

閑隨野鶴到僧家，解劍焚香誦《法華》。不是浮生無住著，欲令心地作恒沙。

鼓吹鐃歌四首爲都督傅公移鎮延綏作。

帝畿千里直如弦，西去榆關是遠邊。内地不須勞宿將，虎符在肘鎮居延。

其　二

從來生長在榆林，塞上常聞羌笛音。今日登壇爲上將，羌人迎拜雜黎黔。

其　三

馬市重開亦有年，留屯塞下竈生烟。安邊自有萬全策，未可相看抱虎眠。

其　四

五色雲中瞻帝闕，八千里外是臣鄉。封侯不必頭如虎，報國何論鬢有霜。

武岡守齋中黄菊始華，戲作四絶呈之

郡齋何事開三逕，爲羡淵明不折腰。聞説枝頭初綻蕊，便將九日作華朝。

其　二

連朝風雨爲催花，九日花開興不賒。莫追佳辰忙裏過，酒杯應是屬詩家。

其　三

一番雨過一番晴，人道天公更有情。秋色不知何處好？使君齋下有黄英。

其　四

雨過枝頭照眼新，金錢無數笑官貧。衹緣一味清和苦，偏稱平生澹泊人。

四姬吟有序

古之婦人,有容德備而命不齊者,余知其情焉。秦娥遇蕭史而仙,超乎命者也,悲喜兩忘。班婕妤遭飛燕而棄,安乎命者也,怨而不怒。明妃以延壽而胡,困乎命者也,怨極而宜思。韓夫人題葉而婚,成乎命者也,喜極而忘怨。惟士亦然,即作是圖,復繫以詩。

秦　娥

秦女吹簫月滿臺,爲憐蕭史有仙才。簫聲未歇彩雲集,跨鳳乘雲去不迴。

班婕妤

霜紈裁作合歡扇,明月團團出手中。何事詩賦長太息?洞房昨夜起秋風。

明　妃

紫臺一去朔風寒,手上琵琶和淚彈。寄語漢宫紅粉伴,君王不復按圖看。

韓夫人

洄流葉上一聯詩,腸斷人間是阿誰?那識紅絲先約定,斷腸時是合歡時。

閨秀閑情圖四首

薔薇屏下草如茵,柳底鶯聲猶是春。才輟金針拈兔穎,臨池又學衛夫人。

其　二

手中書卷不停披,不是書生是女兒。深院無人春寂寂,可憐人與鶴同饑。

其　三

十日不出苔階緑,香繞薄帷書不束。幽情獨抱欲語誰,且把華簪刻蒼竹。

其　四

梧桐枝上月如規,爲戀音徽獨寢遲。滿室芝蘭香脈脈,宜人雅調是《關雎》。

山中聞楊恭人之訃二首

澗蘩不復薦公宫,歸櫬秋江一棹風。豈料祥麟同徂逝,一時彩紱絶途中。

其　二

伯兮方嗟良友喪,可堪孝子復憐傷。茫茫天道何從問,孔聖當年亦斷腸。

題李右丞伯東寫百松卷鎮紫雲寺西塔,為封太夫人一昆無量壽祝三首

參天立澗百株松,鱗甲蒼然宛是龍。一片雲青千里雨,大夫封後又重封。

其　二

猶龍矯矯百爲群,雲裏飛騰水上分。此際何人描得似,虎頭神授復爲文。

其　三

七級浮圖千聖佛,個中又是一乾坤。留將此卷神應護,震旦從今無量春。

【校記】

① 按: 此題爲兩首七絶,誤編於此。

顏桃陵文集

顔桃陵文集序

三代而下，文章鉅儒無過西京，要之，元氣未漓，浮華盡剪，能存其真耳。唯真則可傳，傳則可久。今求宇宙真文章可以傳世者，顔桃陵先生集是也。先生爲天上謫星，偶到人寰閲世，道德名義，卓然不朽。讀書自秦以下言，種種目獵而掌運之，沉思極壙以自匠其意。當其別駕江州，白傅逢賓，廬峰有主，徘徊憑吊，翰墨淋漓，竟爲當事者所忌，遂左授大寧司士，及量移岷傅，渡洞庭，泛瀟湘，水色悲凉，豁其胸中磊落，文心益復迅發。然聲名固藉甚諸侯間，故王之禮遇，有踰于魏惠郊迎，燕昭擁彗。至於梁園授簡，灑灑數千言立就，幾令鄒、枚削色。迨拂袖歸山，盤桓於淇篁籬菊間，玄鶴白雲，皆供一紙。而壯懷未已，復溯胥濤，攬虎阜，歷泰岱，抵金臺，選勝登臨，盡納之於球瓢賀囊中，而縹緗益富。今讀其文，劌刻性致，劉彦和所謂"情深不詭，風清不雜，義直不迴，體約不蕪"者，何所不備。居林下三十年，尊爲名碩，年望百齡，染瀚而人寶鍾、王，脱稿而家珍班、馬，真爲國瑞人龍。嗣因燕域烽傳，吴宫花萎，懸黎結緑，多散逸於唳鶴驚魚。其哲孫孝叙，搜輯遺編，集中所載，乃其吉光片羽。携至長安，如豐城埋劍，精彩聲光，終當發現。余雅喜孝叙善古文辭，饒有典法，出是集質余，知少陵之本於審言也。夫宇宙靈氣，融結流暢而爲山川；山川之靈秀，鬱渤而爲名碩；名碩之精神，溢發而爲翰藻。宇宙山川，無古今一也，曾有名碩翰藻，爲若有兩乎哉。余叨長秩宗，正將討習遺文，發揚舊獻，如先生之人之文，足以楷模當代，亦何能不以一言弁首，使天下知有宗工也。

己亥孟秋，賜進士第、資德大夫、太子太保、禮部尚書，前吏部左侍郎兼翰林院侍讀學士，纂修《通鑒》、經筵日講官、古宛後學王崇簡題。

目　録

顏桃陵文集卷一

序

送觀察竹溪王公之赤城序

太康王公，以山東按察副使，經理紫荆、監臨保定者方踰年，適山西赤城兵備缺，上用宰臣議，以公調補。即拜命，將西，某祖道于易水之上，再拜言曰：

上之調公赤城也，非以公備文武才，如吉甫、方叔乎！然吉甫、方叔所爲文，非染翰爲文告之詞爾也，毋亦宣上德意，而致未附之衆，如是而稱文歟！所爲武，非奮擊爲一劍之任爾也，毋亦振揚神威，以震不庭之國，如是而稱武歟！然此皆公之所素具者，非未試之談也。蓋公天與其聰明之性，而藴之以潛深之情，故其法較焉而若衡，其規烱然而若星，其令肅然而若秋，其畫確然而若石。雖不執筆爲文告之詞，而工文之士，莫不進而立於公之門。不據鞍爲行陣之事，而即戎之士，莫不奮而效於公之前。如是則公之經理赤城，孰謂不可附衆而威敵哉！

然某又竊有告焉。保定爲畿内郡，有司與武衛錯置。有司之簿書煩，則期會速；武衛之甲兵衆，則勾補煩。然而去邊頗遠，無鋒鏑之患，公固從容任之，無復意外之慮。若宣府吏無有司，將皆被甲，簿書不患於愆期，部伍無煩于勾補。所慮者將懦卒驕，故習尚存，馬市交易，西情叵測。譬則據虎豹之穴，欲一夕安寢，有不可者。制之之術，是誠在公。記有之曰："張而不弛，文武不爲也；弛而不張，文武不能也；一弛一張，文武之道也。"以張弛之宜，用文武之道，雖虎豹咆哮，猶衽席處之矣。矧今制府則少司馬山陰吴公，開府則大中丞曲周王公，司馬志存安攘，中丞功在撫綏。公今往相翊贊，其爲西北重，豈特長城哉！某嘗見公圖書滿案，孜孜若經生。至其談軍旅之事，闔辟奇正，有不可窮者。某是以知公胸中自有經緯甲兵，而《出車》、《采芑》之詩，當於兹行奏之矣！

送制府楊公陟大司寇之南京序

惟時總督京東西諸軍事、少司馬楊公，遷大司寇之留都，道出燕南，某餞公郵舍，酒三行，離席再拜，揚觶言：昔在成周，玁狁孔熾。王命南仲，往城朔方。於襄之績，播諸《小雅》。今國家定鼎金陵，爲周豐芑，而建都于燕，扼抗負背，實古朔方地。東北諸夷，非周之玁狁乎？周人以朔方爲外户，乃今以山海、居庸、紫荆諸關爲内鑰，其爲京師患，尤切于周。故於薊、遼、保立三鎮，置總兵官，而以御史總理之。又開府密雲，而以少司馬秉鉞，爲之節度，膺是任誠難哉！惟公備文武才，鬱爲時望。當巡撫順天日，人固知節度三鎮，非公不可，無何遂有是命。至則申號令，嚴鈐轄，分部曲，定賞罰。人收所長，事謹所忽，其恩足以懷，其威足以攝，故將士用命，咸盡死力。先時密雲城隘，士馬多不足容。公增而拓之，營伍有次，士至如歸，無復路宿之苦。沿邊修峻臺隍，延衺二千餘里。又增築營堡百數十處，或又亭障望虜塵遠近，千里傳警，瞬息而達。以故人畜芻谷，得預收入，至無所獲，既苦饑餒，又窮奔逐，數年來塞下得安耕藝，而京師晏然者，公之功也。天子念公久勞於外，於是又有今遷，亦云留都重地，司寇尊卿，一以示優崇，一以息勞勩，至隆眷也。矧沖年睿聖，臨經筵講求謨訓，誦法舜禹，泣罪好生，即匹夫匹婦，號冤於下，猶聖情所隱。留都讞獄固鮮，然何擇非人，何敬非刑，一生易忽，遂寡倫要，公必不然。公在軍懷悄悄之憂，則儀法持欽欽之念，孰遠孰近，無易此心。宣室且復召公，公將陳謨虞廷，與龍接武矣。不佞某從事帷幄，奉公節度，實握手見肺腑，非里閈之親，而社稷之計也。故以前所言爲公頌，後所言爲公勉。《詩》云："嗟爾君子，無恒安處。神之聽之，式穀與女。"今去邊陲，履留京，釋韜鈐，議邦憲，願無忘安處之義，則神錫公福，豈虚也哉！

公起再拜謝曰："公于朋友有忠告矣，某也何敢望賢。然嘗聞之，在軍抗而立，敵王所愾，臣之分也，左右之力也，余何有焉！在國文而温，明刑弼教，某之心也。公之教也,而敢不勉!”因相與更酌而别。

楚藩少參鳳麓馬公分守湖南序

當今封奏之最要者,則開府中丞部使者所論薦藩、臬諸大夫也。蓋藩、臬諸大夫所臨者,郡縣有司之吏與夫即戎之將領。藩、臬諸大夫賢則一方治,不然則否。開府中丞部使者論薦之謂何,而敢不慎,脱有異議,省臣具奏駁之矣。

有蜀馬鳳麓公,自尚書郎出僉楚臬,分巡湖北諸郡,壤接五溪,民多雜夷,軍亦雜民。治夷難,治軍亦難,蓋一重鎮也。乃公年最少,才最敏,瑩然而潔,凝然而定,淵然而澄,居湖北三年如一日,薦書致闕下已再四矣。邇者五開之變,起於衛官之挾子弟,非夷也。事聞朝庭,命開府得便宜行事。開府謂此無煩兵甲,可一麾而定。遂訊而縛之,如束薪然,皆公贊之也。天子以湖南諸郡,界二廣傜童,難撫甚於五溪,雜夷雜軍,猶之湖北,乃擢公爲藩參,駐節永州焉,又一重鎮也。公去湖北之湖南,湖北郡縣之吏,送公於境上,咸有不能達公之情,而又不能以自述。乃靖守李君某,以余知公爲深,欲余爲一言。

顧予惡能言哉?余惟臬司持憲巡察,以憲則政是用肅;藩司宣風守治,以風則政是用和。公持憲既有聲於湖北,則宣風其不聲於湖南哉?予聞舜南巡蒼梧,永其陟方之地,世雖云遠,風宜有存。宣風固莫先於永,公望九疑,可以悵然思矣!今天子方辟四門,能無望於公乎?因書此以授靖州,俾誦於公。

送陳大夫守上石西州序

國家統一宇内,自畿甸以及四裔,苟其民可治,其地可賦,莫不置郡縣。然編髮椎髻,不可以數冠裳帶舄,而侏儒兜離之俗,未易語以仁義禮樂之化,則氣固囿之也。惟聖天子以天地爲心,無不欲其生養遂性,同于華夏,故置吏以流官,而雜之土姓,使交相制,以治其民,賦其地,而施教化焉。則固未嘗輕視四裔之郡縣,而士之使於其土,而其土人亦未嘗不重視漢官也。

陳君以貢至禮部,舉順天進士不第,署爲學職。未幾而宰平鄉,旋判保定。

遭喪復起，先後凡三年所。保定輔郡，而君克守三事，秩滿入奏稱最，遂有上石西州之命。西州在西粤爲夷地，有長無貳，幕職暨縣，皆土人爲之。陳君忽忽不懌曰："予何去畿輔而之夷也？"予曰："不然。天子命吏之謂何，而君夷之耶？彼民固夷，然其肺腸與中州人是未有異。君今往宣佈德威，使彼民知所懷畏，毋令若鳥驚獸駭，以外吾化。余固望君以冠裳帶舄，而易編髮椎髻；仁義禮樂，而變侏儒兜離矣，吾子何夷焉？且君，吴人也，試舉吴之先爲君言之。當商、周時，吴亦夷也。以太伯、仲雍爲之君，而其俗遂變，今荆、吴爲齊、魯矣。地固無夷，人夷則夷之，人而變乎夷，無夷也，安知西州不由君爲齊、魯乎！語曰：'忠信可行於蠻貊。'君其行矣，他日西州將俎豆君，固至德之盛事也，於中州奚擇哉？"陳君謝曰："公言及此，雖夷往矣。俎豆非所敢期，忠信則勉載以行。"

送都督傅公拜征西大將軍鎮延綏序

今論邊鎮最要者，北宣大，東遼陽，西延綏，皆以大將軍握虎符、統大兵守之。其柄既專，其授不得不慎。至保與薊則在内地，翌衛京師，而鎮守總兵，亦命大將軍，其要與宣大、遼陽、延綏比。然薊自山海達遼，居庸繞黄花鎮，而保則紫荆、倒馬、龍泉三關，錯立於萬峰間，蓋西出雲中、上谷，爲京西門户。

都督龍淵傅公，老成持重將臣也，先嘗握兵京東矣。既廢復起，遂鎮保定。今上御宇之初，廟堂主市議，諸酋款塞，無復烽堠之警，得以暇日增修臺垣，爲萬世計，春、秋兩防，且築且守。公不憚風雨，觸犯霜雪，上下崖谷，與士卒同勞苦，勸相督率，不啻若家事，而士卒亦感激，人人自力。蓋五易寒暑，而後成厥功，誠勤且鉅矣。公自倒馬抵龍泉，歷七十二隘，東還紫荆，蓋五里一堠，十里一亭，而臺垣皆峻絶完固。其將領自參游而下，至千夫長，皆奉公號令。而乘垣之士，亦莫不披執，嚴如對壘，屬公之師徒，視守如陳，真有不可犯之勢。余聞之嘆羨曰："真將軍也！"

先是，上以臺垣功，用今少司馬部公闢邊疏，下詔褒嘉，賜玉及蟒，至榮眷矣！乃今以延綏開市，西情叵測，去秋假道入西南夷，有窺伺意。使臣以聞，上患之。適延綏舊帥謝病去，本兵請代。上以公榆林人，習知虜情，威聲數聞於西，遂拜公爲征西大將軍，授敕移鎮延綏。顧余與公有夙好，於其行也，爲之郊餞。而公且問征西事于余，余應之曰："知西事宜莫如公，予又何言！然聞趙充國之討西羌，曰百聞不如一見，願馳至金城，圖上方略。夫聞不如見，而見又不如習見之真也。乃公習且見之矣。今市，公謂虜可必無他乎，此不過朝廷爲羈縻計耳。雖云忠信可行蠻貊，而有道守在四夷，能爲戰方能爲守。余向固知公善陳矣，以戰爲守，以守爲市，西人雖黠，亦安足患。如市忘守，守忘戰，吾不知其可矣。"公謝曰："謹拜教矣。"揚旆而西。

贈楊大夫魯南序

常所李子守寶慶之二年，而司徒大夫魯南楊公左遷爲郡倅，惟時直指使則新淦朱公也。朱公之始爲崇安令也，公由浚令稍遷建寧郡丞。公與朱公，分相臨而情相得也。及朱公召拜殿中侍御史，而公入爲司徒大夫，又同朝也。朱公之巡察湖湘，聞公左遷，愕然曰："他人非所知，至如楊大夫之賢，余能言之，非情好之妮也。余見其氣和而語温，神朗而情怡。以文學飾吏事，無弗肅；以愷悌佐郡治，無弗孚；以從容臨官屬，無弗敬；以祇畏事監司，無弗恪；以恭睦惠僚友，無弗協。如是而曰内弗宜，則吾不知也。"已因慰公曰："楊大夫，人臣奉天子命，往供乃職，内與外奚擇哉？往須歲月，論久自定，楠梗杞梓之材，捨廟廊安施哉？"公讀爲之感泣曰："直指使猶念某貳建寧時乎？升沉數也，與時消息道也。余爲司徒屬，恒懼遲鈍拙訥之爲罪。乃今謂遲鈍爲浮，拙訥爲躁也。如是而從外調，吾分也。彼魯展禽之不去，楚子文之無怨，非吾師乎！"於是與予協恭乃事，一如其在建寧時，略無幾微之色見於顔面，而予之寡昧，亦幸而與公共處一堂，朝夕相箴儆，以無獲戾於上下。

故事，直指使事竣報命，必有舉以待擢，其或拘於數而不能以盡舉者，則有獎以示勸。朱公念公左遷日淺，於例不得薦，竟從獎禮加隆焉。觀其旌書，則惜其才而表其心也。前使者之旌書，後使者之公牘也。前用爲旌，後用爲薦，公不求知於人，而天知之，人其能違天乎？不求用於世，而世用之，公其能違世乎？公其待之，將直指使之命者守職也，於是乎有述。

贈博野令張復所擢户部主事序

士之仕爲縣，與六曹尚書郎，其内外輕重之勢，與夫尊卑勞逸之形，固自不同也。在春秋，王廟之卿視列國之公、侯，大夫視伯、子、男，士視大夫，蓋自古重之矣。重之故不得不尊，尊之故不得不逸。然居内者不知其重，而居外者見其重；居尊者不知其逸，而居卑者見其逸。内外輕重，尊卑勞逸，非君子處此，孰能而不變乎？

復所張公，以辛未進士宰撫寧者三年，宰博野者一年。今擢爲户部雲南清吏司主事，乃一時同官于燕南者，莫不爲復所公内擢重矣，寧念昔日之輕乎！寧忘昔日之勞乎！恐未然也。因以問於顔子，曰："諸君不知公之爲人乎？公貌樸而中虚，言訥而行確，學求諸内，政務和民，以不擾爲安，以多欲爲病，蓋將游心于黄唐之世者也。而安知孰内孰外，孰重孰輕，孰尊孰卑，孰勞孰逸乎？"諸君曰："如子言，則公亦何所用於世上之名？"顔子曰："公雖不用於世上之名，而人實未能忘乎公。予見其先後爲治，而薦書疊至。如少司馬南明汪公，今之名卿也，稱公質與文均，名從實勝，真實録也。則公雖不用名，然亦不能卻夫名矣。今日爲尚書郎，他日爲卿執，余知公視之，亦猶爲縣日矣。"於是諸君皆爲顔子爲知公，因共載酒爲之别。而公則猶依依有不忍違之意，而予輩望之則若登仙矣。

寶郡司理行寰黎公治最序

理官，古之士師，主刑者也，在《周禮》皆秋官屬。秋，收也，一收則不可縱；刑，成也，一成則不可變，故以刑配秋也。然秋未有不由生長而後收，刑未有不由仁義而後用。故爲理官者，鮮仁則刑苛，悖禮則刑濫，刑之不可不察也如是。

行寰黎公，仁人也，而官司理，則繫於獄而聽於庭者，非死罪則贓賄罪人也。

顧乃世之治獄者，恒敲撲慘毒，求勝於一快。至於情僞隱伏疑似難辨者，則弗細察，曰：“吾以了刑牘，取悦上官足矣！”乃公不然也，曰：“死罪不察，則其人死之矣。贓賄不察，則家没之矣。妄死人、没人，吾不忍也。”如是，而郡無妄死人、妄没人者，刑稱平焉。巡按姑熟錢公廉知公，曰：“是可爲民父母者。”適邵陽令缺，則檄攝邵陽。武岡守缺，則檄攝武岡。邵陽事煩而民醇，武岡事簡而民悍。攝邵陽自視猶縣官也，不憚晨昏，事期必集。攝武岡自視猶州官也，不畏强御，民期必服。蓋醇者治，悍者亦治，刑若可不用者，於是錢公移檄嘉獎。

諸同寅謂余當執筆以述監察稱最之意。予曰：“公之賢，他日冢宰録之，太史書之，予言何足重公？”諸同寅曰：“固也，此他日事，然監察之意不可不述，公宜言。”余乃舉觴言曰：“刑之爲天道，人人知之矣。刑官之必奉天道，亦人人能言之矣。至於理則任情逆天，視所言如二人焉，不大可怪哉。乃公於死罪不欲妄死人，於贓賄不欲妄入人，仁流於法，禮會於情，不求速了刑牘而牘自清，不求取悦上官而上自悦。若是者何以故？畏天而慎刑也，公誠仁人乎哉！”諸同寅曰：“若子之言，廣矣，大矣。他日冢宰所録，太史所書，不出此矣。朋友義存規祝，畏天、慎刑，斯二語者，宜書之座右以爲刑箴。”公曰：“謹拜教矣，某不敏，敢負監察同官之言。”

送楊雲岡擢河間郡丞序

今之輔郡，即古畿内之諸侯，而保定、河間，封壤相接，又爲兄弟之國，故其事每相關，而大者莫若使民各安常業，境内晏然而已。然保定本上谷地，西連三晉，其俗悍，其有膽勇激昂之氣者，往往能策勳於邊陲，而惡少飲博無賴之徒，至有挾弓佩刀，爲御人之盗而莫能悉禁。河間濱瀛海，南接齊魯，其俗狡，其穎敏有志行者，則習文藝雍容於詞林，而游惰不事常業者，則亦有穿窬之行，其概然也。惟二郡無盗，則二郡之民安，二郡之民安，則京師安。故安緝境内二郡，惟丞之職。蓋丞秩大夫，位次守，守不能兼者而丞專之，故其職以時領所部丁壯，教閲於暇日，又並督衛捕而巡緝之。然此防之密，則潛而之彼；彼禁之切，則伏而之此。於是二郡又立保甲法,使相糾察,相守望。蓋行之數十年,然而村落終不能無剽掠之患,而道路亦或有殺越人於貨者,豈法猶有所不及施,而或别有道也。蓋古稱善弭盜者,在漢無如龔少卿,其治渤海也,乃躬率儉約,勸課農桑,民間有帶刀劍者,使賣以買犢,勞來循行,如是者數歲,用致富畜,國遂無盜,此直以本勝耳。今能使惡少飲博無賴游惰之民,悉驅而之農,間有非衆領所統,無故而佩刀挾弓、以騎射爲名,而之郊野者,一繩之法,而配徙遠裔,則人孰不力本而守常業哉!

雲岡楊君初判保定,所職者馬政,而太僕考牧,惟保定馬獨良。予則謂:"駉牡斯臧之頌,本於無斁,君之考牧,其亦有無斁之思乎?今往貳河間,誠即其思於馬者,以求弭盜安民之原,則龔少卿渤海之政,不得專美於前矣。"諸寮寀咸以余言爲然,遂相率爲郊餞,君欣然而東曰:"辱在兄弟,不敢忘長者之訓。"

贈邵陵别駕魯南楊侯序

魯南楊侯者,蜀之琅瑰士也。以詩領鄉試第一,登隆慶戊辰進士,授凌令。久之乃遷建寧同知,又久之乃入爲尚書户部員外郎。負才狷介,不苟同時,心竊慕焉。無何,侯竟左遷判邵郡,而余有岷藩左史之役,雖未及定交于侯,而瞻依實有私願。乃侯則猶不免於顛踣之歎。惟人臣義無擇官,即牙籌斗斛之細,宜不爲賤,况列在府僚乎?乃立期會計簿,出入必慎以核,曰:"臣職宜爾也。"退食無聊,則歌"碩人俣俣"之詩以見志,而識者謂侯有西方美人之思。惟時巡撫則長樂陳公,巡按則常熟錢公,二公皆以侯爲通才而惜之。凡宣風布德,咨義詢瘼,剔蠹察廉之事,則錢公寄之。履畝核籍,閲戎簡器,策邊安民之事,則陳公寄之。而侯咸兢兢盡其心力,風凜霜凝,雨滋暘煦,有以助二公之所不逮。

於是陳公以循良薦,諸郡公以贈言屬予,而侯則曰:"骯髒人爲時擯卻久矣,不意今尚見録於二公,然猶恐二公不察某之不肖,爲他日累,使某重得罪於時也。"余曰:"不然。士之合不合,道也;通與塞,時也。爲國推賢,撫臣、按臣事也。二公知侯矣,知侯而不舉,是蔽賢也,二公然乎哉！侯獨不見夫神龍乎?在泥滓則與鱔鰍蜿蝘無異,一乘風雷,則雲蒸雨施,有不可測者。侯猶龍也,有二公以爲風雷,則其飛騰在頃刻間耳,道合而時通矣。矧能細能巨,能潛能升,所以爲龍也。今侯能細矣,不能巨乎?能潛矣,不能升乎?"邵侯、黎侯聞之,喜曰:"魯南君伏在泥滓久矣,今際風雷,余輩亦欣欣然動其鱗甲矣!"於是以不佞之言書於篇,爲楊侯贈。

寶郡伯養泉胡公治最序

養泉胡公之守寶慶也,蓋自南京兆治中遷云。京兆尹暨丞,位列卿,不親庶事,而事一集於治中。公茂年有汎應才,事至立辦,乃其瑩然之操,如玉之在水中,愈凝愈潔,無得而點之者。乃今守是郡,公直以治京兆者治之,即數月,而人已仰之如神明,依之如父母矣。監察錢公,以公涖郡淺,例不得薦,獨加稱獎。

故事,監察獎檄至,則郡僚屬必涓日奉幣造公堂,而又必有言以述監察致獎之意。於是諸同寅以言屬予,而予舉酒致詞,不敢爲佞。蓋語有之,未知其子視其父,未知其弟視其兄。余自束髪讀書,即聞滁陽有胡柏泉先生者,授業于湛甘泉先生之門,獨契道樞,所著格物、復性、良知諸辨解,爲學者宗。蓋嘗讀其書,而恨未見其人也。及歷官南北,又得見先生爲山西提學時所陳治安疏十事,皆守邊大計,動中機宜,疏朝入而夕用,不數年遂陟少宰。然後知先生不徒高談性命,而學爲有用。顧先生則已没矣,又爲之泫然以悲。乃今公奉天子命,來守是郡,而某待罪於此,則知先生爲公伯兄,而先生入室弟子不知凡幾,公其父事而師承之,故聞道獨早,不在弟子之列。今觀其色愉愉然,聆其言論侃侃然,久而察其行政優優然,而知公之能效法先生,因私自喜,謂昔雖以不及見先生爲恨,而今得見公猶先生矣。然某嘗謂先生明道似董仲舒,達國體似賈誼。乃仲舒不遇,卒有江都之行,而子孫亦無顯於世者。誼時政疏累萬言,身後始略施行,再世乃有起家爲郡守至列卿者,又何遲也。先生當世宗朝,言行身顯,而公于伯兄没後,官已至二千石,其治行有卓卓如此,此監察所用賢公,而列卿可企踵待矣,是固有試之言也。則兹檄也,其不爲公華衮乎?公諸同寅皆曰:"子言是也,宜書爲公左券。"

送于肅齋判大名府序

于遼州之謫居大寧幕職也,三年而遷判大名衛參軍。王子問于顔子曰:"于公初守遼,大夫秩也,又不隸於大府,得以名自達于天子之庭,人皆爲公喜,乃公則曰:'是焉足喜也?'既而左遷,主人則連帥也,帥多暴又鮮由禮,人皆爲公憂,乃公則曰:'是焉足憂也?'今判大名,蓋古魏地,畿輔之郡也,職分而任重,或爲公喜,或爲公憂,乃公則曰:'是安足喜、安足憂也,'于意云何?"桃陵子曰:"公昔以州抗大府,則恒以禮受責,性又疾惡而操太急,則必以法受謗,然而不可變,是必以骯髒沮吾道也,何爲喜?其居幕府,則長揖將軍,局閑而責箔,帥雖武人,而余示之以誠,久而安之矣,是必以樗散全吾道也,何爲憂?今判大名,守者王公也,世稱長者,而郡僚濟濟,又皆和衷,上行而無所疑,下行而無所塞,吾職舉而吾道行矣。吾既無憂,而亦何喜,而又安得不忘之。"王子曰:"如是則公之憂喜,皆爲道而非爲人矣?"顔子曰:"士無所待於外者,必其内有以自信也。於内有以自信,則倘然而來者,亦倘然而應之,皆不足以摇乎其中。何剛而吐,何柔而茹,何崇而泰,何卑而約,且此身何往非寓,何寓非適耶!"

於是公且行,余與王子相率爲餞,且以其私相語者告於公,公曰:"若顔子可謂知余矣。然顔子與王子,皆無所待者,而所處皆寓也,而亦何所不適。"於是各稱詩諭志焉。顔子歌《烝民》之六章,王子歌《隰桑》,公歌《木瓜》。公曰:"《烝民》,言舉德而原之助,而桃陵子則誠助予者也。《隰桑》,言愛而不忘以繫思,而王子則誠愛我者也。《木瓜》,言以爲報,將藉是以永好也,余敢忘二君之志?"乃揮手别去。

寶慶司理黎行寰治最序

監察御史姑熟錢公,代天子巡狩于楚,蓋舉有司之賢者若干人,以待擢用。

其賢而未及期,稱最示勸者又若干人,以待後舉。寶慶郡憲黎侯,所稱最者也。檄至,侯適攝武岡。武岡文學先生,詣左史氏言曰:"今之言理者,多以武健嚴酷爲愉快。黎侯理官也,獄非三五覆不具,以情處法,而屬遲久至慎,下士聞而大笑之,何監察獨最侯也?"左史氏曰:"監察疾苛政,録祥刑,而黎侯仁人也,季世鮮之矣,故稱最。"文學先生曰:"理官監察耳目,今浚溪壑以鷹鸇取譽者,何可勝道。黎侯以淡泊明志,不用擊搏名,若於聰明無助者,何監察獨最侯也?"左史氏曰:"監察病險激,喜謹願,而侯有焉,是長者之道也,故稱最。"文學先生曰:"今有方治簿書,急期會,至學校禮教,則曰未遑。乃侯攝武岡,初視學則進二三文學而語之教,款款乎其至也。進郡弟子而語之學,惇惇乎其惠也。如是而不稱最,何也?"左史氏曰:"此非司理事也。監察最祥刑,而教舉是矣。《書》明刑弼教,教成而刑可措,是政本也,最莫大焉。夫士之獲上者,難於未知之先,不難於已知之後。錢公知侯矣,繼錢公者猶錢公也,不薦何待。美玉在璞,良工剖焉,言辨也。鴻毛遇順風,頃刻千里,言遭也。侯今辨且遭矣,可無賀乎!"文學先生曰:"左史言是也,請以爲侯賀。"而侯猶躄盤三讓焉。

贈署指揮僉事傅將軍再擢武闈序

署指揮僉事傅君者,都督龍淵公之冢子。玉色虬髯,偉然丈夫。少習孫吴,談韜略,尤閑騎射,有乃父風。都督公之鎮保定,君侍左右,遂應保定癸酉武舉中式焉。丙子復大比,君歸,投牒試關西,再中式。人莫不謂都督公有子。都督曰:"是亦吾將家事,兒輩復得之耳!"

今年春,君自關西來,再留帥府,閫司諸君,以屬吏故雅與君游,以其將試司馬門也,欲余一言以壯之。余方以武闈得雋爲國家賀,而復有閫司諸君之請,樂嘉與之。蓋聞之:汗血之駒,産於渥窪者,其種殊也。剸犀之器,出於歐冶者,其材殊也。然養之有道,用之有宜,任情則逸,寬節則折。假令汗血之駒,不受銜勒,剸犀之器,不斂鋒刃,則雖千里一日,不免泛駕,而光射斗墟,亦以輕試毀缺矣。君爲都督公之子,而又有如是之材質,是渥窪之産,而歐冶之鑄也。養德以任力,藏神以利用,是在君矣。方今天下恬熙,四夷賓服,天子垂拱,二三大老在朝,猶不忘車攻洛水之事,三年一開武闈,蓋欲空冀北之群,而收一割之利也。君懷驤首奔風之志,而有出匣躍鳴之思,將必有樂之遇而華之識矣。諺曰:"是父是子。"龍淵公登武進士,歷官至都督同知,爲時賢將,勳名赫奕,華夷所聞。有以啓之,必有以似之,君其勉焉。昔亞夫,勃子也;曹偉,彬子也,而皆世濟其美。今以都督爲勃與彬,君其不爲亞夫、曹偉耶!

送夏津丞李點梅之任序

李點梅氏,浙之嘉善人也。少聰慧,嘗治舉子業,棄去,習刑名,補邑史,積勞歲深,除保定右衛知事,四載而擢夏津丞。君明法而緣飾以文,故案牘皆有章,不類俗吏。又工篆、隸,行、楷有古法,亦不類俗書。性愛梅,既以梅自號,又能爲梅傳神。每畫成,輒自題,風韻亦與梅稱。復喜金石刻,其手制者,與漢刻無異。其爲人謹慎謙抑,詞氣雍容雅飾,猶爲儒生故,自爲吏至登仕,所遇官長莫不禮貌加愛焉。余自江州謫大寧連帥幕,始至如在空谷,不聞足音,獨君時相過,對局談詩,興至則染毫寫梅,以寄一時之况,余亦作《憶江南》詩答之。蓋予記在江州春初時,於虎溪送客處,見早梅徘徊不能去,而余家閩中,鄉園梅花尤早,每開時傍簷索笑,相對竟日,乃北地絶不見梅,惟君之畫,故有是思。今畫在予,而詩歸君,以此結世好也。乃後青城于肅齋以遼守謫,上海陸易齋以京邑丞遷,皆在帥幕。而晉江翁見鵬爲名進士,亦以江陰令謫倅安州,與君皆雅善。乃前谷城令滇南王錦川,則與君同在衛幕,有僚誼。乃今陸君南歸,而君復擢去,余四人尚滯燕南。河梁之别,執手躊躕,古今有同情焉。然昔人所願,惟崇令德,君往二邑,政尚宜益自樹立,毋落落若衛幕時也。且聞夏津令爲君鄉人,有才名,好修而尚禮,君往而善事之,知其能相與以有成也。於是爲序其行李。

送唐明府張君調曹邑序

余嘗觀人之氣體充實者,雖犯風露,冒寒暑,邪氣不能侵。若夫羸瘠之夫,即安居堂奥間，猶聞其呻吟，矧可犯且冒耶？理邑猶身也。其善邑，則氣體充實人也，不賴於將扶，不事於調攝，其矯健自若也。其敝邑，則猶羸瘠人然，不授以策則仆，不資以藥石則飲食且不能下咽，甚矣，理敝邑之難也。

今張君之治唐，則畿内縣之極敝者。蓋其地瘠賦重，荒歲則民食半菽，故其俗多勤儉而勞苦。令長見其如此，故其政不得不寬假之，是以積逋至十餘年，而百務亦因以弛，其所由來久矣。張君初登進士，釋褐即授兹邑，人莫不爲君憂，而君亦自以爲憂。然業已除，則黽勉而往。至則見果索然一如所聞，乃徐思其所以理之之術，惟在緩急寬嚴之間，宜蠲者則力爲之請，其不可蠲者，則以期而需其入，用以糾偏補敝，如是者一年而始蘇。其焦勞蓋亦甚矣。天子優君治績，不欲令久勤于唐，乃調山東之曹邑。曹在東之善地，其土廣饒，其民厚實，賦不征而自入，刑不用而自肅。令在堂從容以舉庶務，即有大役縟禮，應之裕如焉。今惟以其治唐者治曹，于唐十九，而于曹特十一耳。然聞之，瘠土之民勞，勞則思善；樂土之民逸，逸則思淫。唐爲堯之舊封，曹則振鐸之遺也。余讀詩至唐歌《蟋蟀》，則歎其憂深慮遠，有堯之風；至曹歌"蜉蝣之羽"，則歎其忘遠慮而玩細娱，非逸而思淫者耶！然幸而猶賴鳲鳩之君子，有如結之心，不忒之儀，以正四國，此曹人之所爲頌也。乃今其風雖遠，而頌是詩猶可繹思者。余與君同官于燕，有朋友之義，故復以《鳲鳩》之詩爲君誦。君如欲爲鳲鳩之君子，其無忘如結之心。

都下别范典寶序

昔河間獻王循禮樂，而齊魯諸儒畢集；梁孝王好文詞，而司馬、鄒、枚之徒從而授簡。二王何以能得士如此哉？風之所感，無趾而趨，意之所孚，不携而合也。東平無好士之稱，而有樂善之譽，游其門者，非盡椎魯，修意而不修文也，然亦未嘗無禮樂文章也，則質勝耳。岷爲高皇帝子，六傳而至今王，非其舊封矣。而王追往毖患，兢兢守國，嘗請建書院，賜額"樂善"。余往爲左史相王，其時則有南平范君桂芳典王寶，以修謹稱。君早歲爲博士弟子，入資拜官，由周入岷，雅習詩,殆可與言者。其爲人又不作機穽,蓋賢而隱于王門者。

余以辛巳夏至藩,癸未春謝歸,於今六載。是秋乃自海上至武夷,尋所謂幔亭者,而不可得。又渡江而北,將東登泰山,觀日出處,西陟華岳,問白帝真源。以朔風凛慄,暫止桑幹,將待春和乃往,偶逢范君于邸舍,一見猶疑爲夢。因沽燕市酒,屬君談别後事,爲之惘然。君念將别去,請余一言。余憶在岷時,嘗欲效二事于王,猶未奏而去之。今幸因君以獻,亦舊臣無已之情也。夫寶國璽鈕用元龜,以鎮國而傳信。王,賢王也,而敢不敬歟。然禮序樂和,神人乃交,獻足文征,國體斯重。吾往見廟壇肆序,聲容未備,雜以雅俗,非所謂神交也。書牘告令,修詞寡要,非所以達旨也。顧王之意猶謙讓未遑。君歸謂舊臣某之言如是也,王而加意乎!是世豈無齊魯之儒與司馬、鄒、枚之徒乎?將接踵王之門矣。吾見王將兼獻、孝、東平稱美,雖今秦、蜀、周、楚,亦且讓賢,何富之云也。王而如是以守國,寶斯重。如是以守寶,祚斯長。司寶者亦與有榮哉!范君曰:"命之矣,桂芳請以舊史之言告于王。"

送彭從野守桂陽序

從野彭公之令唐也,蓋五年而遷桂陽守,一時同官皆以公爲遲。顔子曰:"古之爲吏,至長子孫。彭公五年而遷,非遲也,難也。凡爲吏於州縣者,非處劇之難,而處疲之難也。唐在保定,固非劇邑,然地狹賦重,號爲極疲,一遇歲荒,流離轉徙。長吏睹其羸瘠之形,聞其愁歎之聲,勢不得不緩徵,緩徵則上怒。或因期會之及,征督之嚴,勢不得不急徵,急徵則下怨,爲長吏甚難矣。公則以上怒猶可,下怨難任,父母之謂何,而令赤子怨懟耶?且一事不省,一費不節,重爲民病,而厚恤其私,視百姓如苴土,是吏暴也。於是凡可省嗇以佐百姓者,靡不蠲捐。至其處身,一裘一葛,一飯一蔬,而所居蕭如也。又因其勤儉憂思之舊俗,而勉之以供賦奉公之大分。是以有時而緩,而民不敢視爲慢;有時而急,而民亦不以爲苛。蓋積成之久,不惟民志自孚,而上之人亦且諒公,謂唐令緩不至慢,急不至苛,爲父母之道宜爾!夫是,則公之獲於上下有道矣。向使上下未獲,將一日而居其邑,且惴惴焉,又安計其遷之遲與速耶? 然公之心則有深念焉。公嘗爲予言:‘大父年踰九十,父早世,母太夫人在堂,燕粤相去萬里,一行爲吏,晨昏禮曠,每見南朔之鴈,神情具馳。’語出而涕隨之。今桂陽在五嶺北,其南則親舍在焉,音問可旬日至,猶古鄉邦也。其地廣産饒,尤稱易治。守秩大夫,尊臨屬邑。公以淡泊之志,治易治之邦,上無怨而加喜,下無怨而加慕。吾且惜唐人之失慈父母,而賀桂陽之得賢大夫也。”諸同官皆曰:“誠如公言,則桂人以公至爲遲,唐人以公遷爲速,公雖欲爲唐人留,不可得矣。”

贈保定郡守西池賈侯入覲序

保定爲郡,領州三,縣十有七,在畿輔内。大寧閫司,自朵顔内徙,領衛六,所三十,又在保定郡内。故閫司之官屬士卒,屯積掌於帥,而經略調度,則必由郡,然後可以上達而下逮。三年大計,守既籍所治州縣狀入奏,而閫司之事,亦附以見,則守之計,亦閫司之計也。

乃萬泉賈侯之守保定也,視閫司之官屬猶州縣,無分文武;士卒猶百姓,無分軍民;屯積猶田賦,無分兵農。明年爲天子肆覲之期,賈侯將朝於京師。連帥雲中張某,姚江史某,潞安路某先期相率爲侯餞,而以幕中軍司士贊禮焉。張舉觴曰:“某視閫纂,統率官屬,以肅軍政,其職也,然非侯之爲紀綱,則官屬莫一。今兹入覲,稱軍政之肅,則賈侯也,而某與有榮焉。”侯受爵而讓賢。次及史,舉觴曰:“某司捕練士卒,以振軍威,其職也,無非侯爲之揚勵,則士卒莫奮。今兹入覲,稱軍威之振,則賈侯也,而某與有榮焉。”侯受爵而讓武。又次及路,舉觴曰:“某司儲會稽屯積以實軍需,其職也,然非侯爲之履籍,則屯積莫核。今兹入覲,稱軍需之實,則賈侯也,而某與有榮焉。”侯愛爵而讓能。司士則從旁舉觴曰:“在國尚禮,在軍尚法。禮達則文宣,法達則武宣。故曰:‘禮與法表裏也,文與武左右也。’今侯秉禮而持法,表裏相承矣。敷文而揚武,左右相等矣。即賈侯之守輔郡如此,使入而揖讓於廟堂之上,而籌帷幄之略,則如指掌矣!”賈侯喜曰:“司士善詞,請録之簡册以行。”

送邵郡伯常所李公遷都運使之閩序代

錢塘李常所公,以左給事中出守寶慶。三年遷福建都轉運使,官三品不爲不尊,職專國課不爲不重。惟不臨郡縣,故不列於方面;惟其秩崇,故遷轉與方面等。然士大夫猶以非要津薄之,達士不然也。郡丞邵某聞之,私與别駕楊魯南君曰:"常所公在諫垣,侃侃庭議,直臣也。其出守,惇惇布德,循吏也。既陟藩臬,長貳,亦序遷耳。乃僅與公轉運使,公薄之乎?"楊公曰:"否。公之在諫垣也,直言疑於激,故出守,不然,爲卿執矣。公不薄守,其出守也,政惠疑於願,雖薦書數上,乃有今遷運,不然爲藩臬長貳矣。公不薄守,寧薄轉運乎?"

某以楊君之言告公。公曰:"楊君之言是也。昔余始釋褐爲縣令,見事有不揆諸理,不貞於度者,欲言之而不得,曰必待爲言官。及居言官,得言矣,惟其言之不諱,乃睚眦者隨其後擠之外補。余曰言官何庸,即外補往矣。於是得守是郡,去闕下遠,於民爲親。予言雖不施於廟堂,而余道猶得行於百姓,即一郡可也。顧世方以矯矯令名,而以近民爲迂闊,如此則轉運固吾分也。於孰爲閑,於孰爲要。且夫默寂而求榮非士也,因閑而廢職非臣也。何莫非天子之命,而敢默與廢之耶?吾聞諸夫子曰:'仕優則學。'方其處劇,仕固難優,及其居閑,自可力學。泰山喬嶽,實惟朱氏,閩固先生鄉也,遺書尚在,芳躅可尋,吾將以餘力及焉。憂違樂行,道猶龍蛇,何常之有!"某聞而歎曰:"若公言,則公心惟道之俱,榮寂皆無所與。雖然,惟其無所與,然後無不與也。他日起躐要津,即千駟萬鍾,公視之皆身外物。而勒彝鼎,書旂常,則皆公性内事矣。"公曰:"然。"於是某與楊君,欣然載酒於郊,爲公别。

定興崔明府膺臺薦序

昔周盛時,群弟子於黨庠術序國學之中,考其德行道藝,而後官之。所進無異途,所用無殊格,故士生是時,無不争自濯磨,以期無忝於官。使如《詩》所謂"惟天子使,媚于天子","惟天子命,媚于庶人"者,詎不盛與?今世學校之設同,而取士之制異。所習者詞章,所重者科目。故其受職進秩,歲貢士不得與鄉貢齒,鄉貢士不得與進士齒。其間得列於縉紳者,鄉貢百而一,歲貢千而一耳。見其用之如此其異也,莫不俛首喪顔,摧折其志氣,昏耗其精神。如是而皆曰無才,何異良驥伏櫪,而責其千里,貞姬向隅,而强以修容,可歎哉!穆廟初欲廣登雋彦,於歲貢外,復加一人,謂之恩貢。乃督學之臣,拔其尤者以進,而補之太學,其重稍比鄉貢。今上御宇,以宰相議復三途,並用舊制。乃博陵崔君,以恩貢除華亭丞。

華亭財賦甲天下,丞專糧賦,其職難稱。乃君則舒志氣,奮精神,以佐乎令。令得君如左右手,遂以才丞聞。未幾,用撫臣薦,擢定興令。定興畿内衝縣,四方輻輳,客視送迎生喜怒,令解完名。乃君則舒志氣、奮精神以宰乎縣。守得君如家賢婦,復以才令聞。未幾,又有按臣之薦。乃今相求賢甚切,曩過縣目君治事,嘖嘖稱歎曰:“用人何論途轍。”是君固今相意中士矣。定興城西有黄金臺,迺燕昭禮士、郭隗發軔處也。君才何異隗,宰相將以隗先君矣。他日登臺省,矯然而立於朝者,非崔定興乎?予固駑駘下乘,效顰之婦也,安敢望如崔君?然因定興人士之請,而亦有驤首膏沐之思,遂喜爲道之。

送東平州判官顧君之任序

華亭顧君,禮部侍郎文禧公孫也。文禧公在孝宗廟,以文章德業爲學者宗。而君少承家學,由鄉校游上庠,發憤學業,屢試落解,遂謁除保定府經歷。保定輔郡守,視方岳之伯,幕中官屬,亦重於外郡。而君雍容雋雅,如古有志行,爲守所重,故守遇幕中官屬,禮異昔時,職君之繇也。然君每以非貴仕,不能步武先公爲愧,而心獨慕佛,日讀佛書,超然有出世意,故在官於持法中,往往發慈悲念。

居燕南五載,乃有東平州倅之遷。而同官欲予爲一言,而予則惴惴焉,懼無以助君,蓋余謫居無事,頗以理咏屬詞自遣,君則每語予以出世之事,曰:“何苦筆研爲?”則余不腆之辭,非君所急聞。然君固慕佛者,佛言世間一切皆空,如幻如夢，何貴何賤，何榮何辱，何喪何得，死生如旦落然，於此一有受想，則何以等貴賤，忘榮辱，齊得喪，又何以出死生之境，而超世外乎？春秋之時無佛，士人惟宗孔子。顔子負王佐才，然簞瓢陋巷，不改其樂。孔子曰："回也其庶乎？屢空。"夫子之所稱屢空，即顔子之所自樂。顔子雖不貴仕，才未及試，然視列國諸侯之軒冕朝市，亦如幻夢，何足礙其靈府！余非釋氏徒也，蓋學孔而知釋者也。孔釋之道不二，則余言亦不二。君往倅東平，以儒者之樂，樂釋氏之空，用是理身，可以出世，用是理民，可以持世。矧東平樂善之風，而君廣大方之化，東平固樂國也。如是則于先公何愧？君謝曰："子於余益矣。子不學釋，固知佛矣。"相與賦詩而別。

序邑博士瀛臺張君膺巡臺慰奬序代

明興，以制科羅天下豪傑，即計偕士下春官第，爲學官者與再試，又不第然後從辟召，辟召不及，然後有奬籍之典。蓋國家廣厲學宫之路，著諸功令者如此。乃其間亦有賢而不與辟，辟而不得召，則命也。然不與辟不得召，即名進士爲賢有司，亦每患之。則辟而不召，不召而奬籍，又何足異。

瀛臺張君，領吾閩癸酉鄉貢，以親老來署永春訓導，年壯志鋭，下帷誦讀，與諸生析疑義，立課程，爲制科之文，絶口不談有司事，猶孜孜然青衿時也。乃前巡撫都御史勞公、巡按監察御史安公於諸博士中，特雅重張君，交疏奏薦。時君已應聘典試，且貢舉期近，故疏入未召，而君遂北上，與余相邂逅，共投牒春官，蓋予五試而君四試矣。因共一笑曰："吾二人者，皆孤注，宜努力一擲，可復落落居人後乎？"既而余勝，君不勝，乃君歸，而余叨官翰林。念君爲學官已五年，即不召，未有不遷者。而代安公巡按者龔公也，亦以君爲念，特嘉奬藉。張公之僚心葵鄭君以書來，謂余爲太史，且善張君，欲予述龔公奬藉之意，爲張君重。

予覽書歎曰："張君張君，以君才屢試春官不第，爲學官，薦疏交至，闕不召，久處鄉校不遷，予其如君何！雖然，遲速有時，君殆遷矣。君遷不在六館，則爲郡僚邑長。六館士，天下士也。考德問業，君何以應之？郡邑之民，皆膝下赤子也，饑飽寒燠，仰面而號者，君何以字之？昔韓吏部初爲四門博士，亦嘗偃蹇，然著《師説》，以師道自任。不惟當時，即今學者讀其書，猶曰韓子吾師也。龔少卿、卓茂，皆起家郡邑，入爲京兆，而渤海之政，密之治行，言循良者，至今稱焉。吾以師道望君，君爲韓子乎！吾以父母之道望君，君爲龔、卓茂乎！諺云：'田中有穀，早晚同熟。'田患不熟耳，不計早晚，仕猶是也。鄭君幸以吾言語張君，龔公之獎藉亦自有説也。張君勉之，他日必召君矣。"

甘進士崐源舉孫序

進士甘崐源先生，少有才名。同榜人皆讓先生先登，先生未登，先登者皆以爲恥。乃先生篤行忠信，又爲鄉里所推，不獨其文也。有子曰某者，亦穎敏超悟，裒然爲秀才異等。即年少舉止類老成，能承先生之訓，人稱爲大、小甘云。左史閩中顔某，右史姚江陳某，先後至都梁，於鄉先生中喜見先生，又於郡弟子中喜見先生之子。是時雖未定交，然已歎都梁有甘氏父子矣。厥後與先生交益密，又知先生之篤行忠信，蓋本於先生之尊府君，而先生似之，先生之子復似先生也。不意年後子淵，數丁陽九，傷哉殀也！都梁人知不知，莫不爲先生惜，而予二人者獨私吊焉，蓋爲通家骨肉傷也。屬壙時，聞婦號泣，欲從夫地下者數矣。念遺體在腹，生男則夫祀可續，徒死何益？乃起强食待期。及期果舉男，都梁人知不知，莫不爲先生幸，而余二人者獨私慶焉，蓋爲通家骨肉喜也。既彌月，明府劉樸軒先生，諗於社曰："崐源有孫，甘氏之子不没矣，可無賀乎！"於是以辭屬之某曰："左史宜有言也"。

余辭不獲，乃執筆言曰：凡有壞之物，能不生乎？曰：生剥復相禪也。夫有壞者數也，有生者理也。在數，在天地且不能免，而况物乎！在理，則碩果不食，亦且復生，而况人乎！甘氏之子不免於殀，天地生人之數，值其短者也。雖殀而卒有後，不食之果而復生者也。甘氏篤行忠信，蓋再世矣，予見肇甘氏之慶在乃祖，昌甘氏之後在斯兒。甘氏之子不没，甘氏之婦可完節矣。諸君子咸謂左史能言理數之際，可以賀先生矣。因共執爵，爲先生賀。

送潘尉入覲序

明年壬辰，復當肆覲之期。方岳之伯與臬司之長，則率郡若州縣守令，以入述厥職事，猶古五等之諸侯，無有敢後者。縣小而官不備，則尉行如令，猶之附庸然。永春爲泉屬邑，界在萬山中，編户僅十四里，賦比大縣何啻十一。地僻事簡，囹圄常虚，即一令一尉，易治也。然猶云難，何哉？蓋令尊傲尉，故多沮尉爲難；尉卑常媚令，故多負令爲難。令與尉交相難，則雖十四里之邑，常紛紛多故矣。今寧國潘君，則賢尉也。以嚴父事令長，以家事視官政，不詭不隨，不縱不苛，庶幾不媚令亦不負令，即令欲傲尉，安得而傲之，吾見令與尉兩無難矣。兹入覲，橐無十金，程歷萬里，乘一款段，從一僕夫，東出郭，蕭然行李，非賢者而若是乎？乃心猶退焉，以隨諸守令後爲歉。

余迺授策而贈之言曰："夫三年一朝，制也，於此觀臣節焉。君知夫水與星乎？水之朝宗也，百川與江漢同歸焉；衆星拱北，列宿先之矣。今天子開明堂，四方來賀，則垂紳鳴土與青袍鞶帶，繹然綴行而入焉，孰謂尉卑乎！君行矣，仰瞻法宫之上，如日月之照臨，吾見雍雍然和其衷而往，肅肅然修其儀而至，煌煌然御天子命而歸，令亦有榮寵矣。《春秋》之義，有事王朝者，例得書，於君之行，竊附斯義。"

送縣尉陳南海入覲之鎮序

國家三年一朝，縣有丞簿者，令與尉行，无丞簿者，尉行。陳尉之尉吾永也，凡四年。初至，朝戊戌正朔矣，兹又當覲期，籍登職名而遷襄陽某鎮巡檢使，然必朝而後之官，制也。瀕行，邑博士與鄉之縉紳士咸賦詩爲贈。言舉職，則村無犬吠，居有寧宇；言趨事，則駿奔不懈，上官歡愉；言遇合，則前令曠達而承之以曲謹，今令寬慈而贊之以果毅。《詩》言朝者紀度也，肅雍之義也；言政者紀職也，勤思之義也。而余於尉則特言其遇。語有曰："力耕不如逢年，美仕不如遇合。"迺尉遇前令袁皖山，如心膂相寄，形迹兩忘矣；今遇陳潮陽，如手足相攝，分願各得矣。而又有持斧使者之知而奬藉之，遇何如也！然余於尉，又有三善焉，昔者尹喜、梅福、王喬皆有道者，而皆處下位；南昌尉不言屈，關尹不言賤，飛舄以朝不言遠。吾以永爲南昌，以某鎮爲函谷，以入朝見天子爲飛舄，既覲而之鎮日，於關門望紫氣可也。詩綴於卷末，而爲序。

颜桃陵文集卷二

序

壽李一昆先生六十序

範卿顏子與思曾李子,少同游鄉校,以一日之長,思曾子呼余爲兄。思曾子貢入大學,以太夫人老,假乞歸養。而伯子伯東偕其弟之子叔玄,同登癸未進士。叔玄方弱冠,奉旨馳傳歸娶。娶之明日,爲太夫人初度,從思曾子蹁躚太夫人膝下。兹十月十有六日,又爲思曾子誕日,蓋年六十。而伯東以進士使餉遼陽,得取其餘程南還,爲乃公壽。而邑博士鄭心葵、張瀛臺二先生,以通家年誼,爲舉壽觴,以余與思曾子昵,役予致詞。

然予既以崑崙玄圃之説壽思曾子,而復以二先生之命,申言於杯斝之前,其又何言!蓋在禮:六十曰耆,七十曰稀,八十曰耋,九十曰耄,百歲曰期頤。頤,養也。老而壽,固宜尊而養之也。然非徒尚齒,實以德劭,故在朝則有敬養乞言之禮,在野則有洗腆用酒之禮。惟爲博士弟子不稱老,仕而在卑位不稱老,老則黜之。若宦成而退休林下則老之,有子通籍則老之。今思曾子猶然文學也,乃在耆齡,而朋友咸稱老而祝之上壽,非以伯東通籍爲金閨彦乎?余聞菑川公孫弘,以文學舉對策擢第時,年六十餘矣,而竟取丞相印封侯。桓榮以博士爲帝師,尊爲五更,親獻爵養。使思曾子不出則已,出則擢第如公孫,以五更授天子之養如榮,然後歸老桃源溪水之上,與余相盤桓,予將拭目待之。若曰他日以伯東賢,得推恩封爲郎,爲大夫,則國恒典耳,何足爲思曾子榮?二先生以余知老之義,非世俗之論壽也,遂用予言祝思曾子。而二先生命弟子歌《鹿鳴》之詩,重周行之示，歌《南山有臺》，美樂只之德，而思曾子盤避三讓焉，而後受爵。

壽邑父母夏大夫序

當周之盛，召、康公爲成王賦《泂酌》，其首章曰："豈弟君子，民之父母。"余讀其詩，知爲民父母在豈弟，而未達其義。及讀《左氏傳》，則曰"豈以强教之，弟以悦安之"也。然後知强教之爲嚴父，悦安之爲慈母。蓋不强，教不入；不悦，安不久。兼是二者，斯之爲民父母。

今聖天子以一體視天下之民，無不欲教之，無不欲安之，而爲守若令，爲天子牧小民，於民尤親。今得豈弟君子如夏大夫爲父母，非吾永人之福乎！大夫具金玉之資，而加之以追琢，瑩然也，瑟然也，挹之温然，聽之默然，無疾言，亦不妄發一語，不任情而動，亦未嘗慢視其事。故以施民教，則思無疆，胡不强也？以求民瘼，則情斯洽，胡不安也？今之爲守若令者，視百姓如簾之去堂，昏迷顛越不相問，饑寒愁苦不相恤，惟曰：吾公事辦，上官不加怒，吾職舉矣。迺大夫則曰：是天子所欲教，所欲安之民也，吾忍不以赤子視百姓，而負天子之明命乎？於榜示端風化，釐宿弊，于鄉約申明聖訓，以戒鄉之小民，又虚心求問過失，願與民更新之。此一事挽近世所未聞，而大夫能之，其賢視仲由何先？後漢郡縣吏，有至長子孫者，在大夫固當以卓異不次擢，在永人則誠願大夫長子孫於此邑也。予年今九十有三，大夫以予老，事之如父兄。而校士余生以繹，則以試文見賞于大夫，以予老猶未忘著作，於大夫誕日，請予一言。予爲之歌《泂酌》爲大夫壽，而大夫爲余盡一觴。

謝受謙先生壽序

受謙先生是年杖於國，覽揆初度，惟孟夏之吉。予兒某先生女婿也，問何以爲壽？予曰：先生有道者，萬鎰之贈，千駟之繫，曾不足煩先生之一顧，壽先生其以道乎！予聞温陵謝氏，蓋自晉來，皆衣冠之族。而邑因以晉名，則謝氏於郡稱世家，其在江左，則太傅文靖公勳名赫奕矣，然猶爲君子所譏，先生非諸謝之苗裔乎！顧不歆艷文靖，惟孳孳焉服膺孔氏，則以道教在也。孔門之徒三千，惟顔子得聞四勿，而閔子稱孝。吾郡亦有顔淵，則六川、象川先生是也。父爲尚書郎，子方岳伯，不有其貴，而恂恂若布衣。先生於六川爲外孫，象川爲舅氏，道義相師，先生其似之乎！以予觀之，和光同塵者無特操，傲物肆志者乖常道。先生不與世混同，亦未嘗任情廢禮，懷忠信而無詭言，履孝弟而無詭行。蓋自爲弟子，舉于鄉，試於春官，得不爲倖，不得亦無怨尤。嘗爲博士矣，教諸生如身執經時，無異業。嘗爲令矣，愛百姓如赤子在懷抱時，無異情。蓋以今之人而行古之道者。惟不能脂韋爲容悦，故與世齟齬，雖主上愛賢，不忍擯棄，而先生乃浩然而歸，斯固先生之道也。先生有故廬在山中，闤闠五六十里，有田園十數頃，皆先世所遺。天清日朗，則步履出課耕鋤，歸則咏淵明《閑居》、《飲酒》，如在柴桑五柳間。客至則呼酒共酌，雖無聲妓絲竹之奏，而山水自有清音，又何必東山，然後爲快。蓋自歸來十餘年，未嘗一至城府，若與世忘者。晚得子，方六歲，眉眼秀穎，授之章句，日可誦百十行，此尤爲先生暮年之樂，孰謂芝蘭在庭户，不干人事哉？歲在己丑，余復汗漫游，初與先生邂逅都門，一見即握手如平生。又數年，乃結兒女姻，實由中心之好，蹇修氏不能諛一言也。是日之燕，婿猶子也，當進一觴，爲歌"天生烝民"，好德同君子，不愧所生也。歌"有頍者弁"，松柏蔦蘿，至情同君子，以永相託也。歌《南山有臺》之五章，徵黄耇，保子孫，君子之餘慶也。古人嘉會，稱詩言志，敢效斯義，以告執事。

代作壽楚府紀善壁巖翁顔先生九十序

邑中有二老：一壁巖翁，年九十；一桃陵翁，年八十有八，皆顔氏鴈行兄弟也。而陽泉劉子，則少二翁十五六歲，以兄事二翁。巖翁顔如渥丹，善飲，多而不亂。老而嗜學，淹貫群書，尤喜堪輿家言，既細録所撮《漢書》，又録堪輿會心之旨及《本草》，以證方書。筆終日在手，歷歲月不厭，其於山水皆坐而游之。陵翁飲少輒醉，日惟煮苦茗當酒，其嗜學亦類巖翁，而喜吟咏，操觚屬文詞，久而累帙盈箱，又好作行草，其於山水之觀，可籃輿往者無不往。

劉子居密邇巖翁，一日問翁曰："翁年耄矣，猶作細字數千文，其精完，其神旺，意亦有養生之秘乎？"翁曰："無有，亦以自適耳。""然則陵翁之好吟而苦吟，亦自適乎？"翁曰："然。夫適其適則忘其勞，書至千萬言，吟至千百首，坐游行游，皆樂境也。樂境在前，心神俱怡，一日之樂，千金不易矣。此吾兄弟以之樂，亦以之壽也。"劉子曰："如翁言，怡情固養壽之道乎？"翁曰："莊生有言：'朝菌不知晦朔，蟪蛄不知春秋，此小年也。真靈五百歲爲春秋，上古大椿八千歲爲春秋，而彭祖乃今特聞。'天之賦命，固自有定矣，惟適其適所以定命也。彼服食導引，皆非自然，故吾未嘗學。"劉子曰："如翁言，固今日事也。當在仕時，其立教之規，與作人之效，亦記之乎？"翁曰："仕固有職，乃今不復問矣。"劉子又曰："翁今日子若孫，或仕或不仕，諸孫有志青雲，非翁祚乎？"翁曰："燕貽在父祖，迪訓在子孫，祚亦非所問。"劉子曰："然則翁所信者，在竊比老彭乎？"公曰："述作非吾事，大年、小年有莊生之論在，余又何言！"劉子頓首曰："今而後，知翁之所以壽也。聞教矣。"於是，舉觴酌翁，而並酌桃陵翁。其日爲九月十有九日，覽揆之辰。

壽李母陳孺人七十序

李母陳孺人者，余姑母之女也。其歸爲李氏婦，則爲予從姑母之子婦。爲姑母之女者，吾妹之，其屬親。爲從姑之子婦者，吾因姑之子而歸之，其分尊。乃孺人則曰猶妹也，而兄予，爲祖同也。妹也静正寬柔，其性情實類姑母，而以孝敬勤慎事其姑，猶吾姑母之事姑也。蓋在陳爲淑女，歸李賢婦，内外稱之。憶余太母在時，妹方垂髫，姑母歸寧，而妹從之，已能婉娩服姑母之教。予大母愛之，予母愛之，謂此女他日必能宜其家室，弟不知作何家福耳。及爲李氏婦，即得其姑之歡，謂："婦類吾姐，吾兒何幸得此佳婦也，他日必爲李家福。"迺知《桃夭》之風，不獨見於《周南》，即今之世猶然有也。又憶從姑母早寡，矢志不二。二子皆幼，常歸依余叔祖父母，而予在童年，相與嬉戲，則見謹願者其兄，而機警俶儻者其弟也。識者謂此兩子，他日縱不争雄詞場，亦能起家隴畝，既而果然。此非夫子獨賢，亦妹相之也。《詩》言"天作之合"，誰謂里巷無佳偶乎？妹有丈夫子二，女四。伯子夭歿，有孫，孫又有子。仲子舉止似父，父歿後，未嘗改父家政，又能承母志，愛其女兄弟，時節問遺不絶，用此足慰母心，母亦欣欣庭幃間，忘其老也。今年七十，猶步履輕便，款款顧禮，治女紅，若盛年時。予姑母享大年九十，妹今宜過之，百歲可期也。

是歲某月某日，爲其設帨之辰，子若孫置酒上壽，内外親姻，遠近畢集。顧兄長妹四歲，老矣，念姑母愛予，不減諸子，喜妹之賢似姑母，今爲舉觴，能無一言？乃述爲處子至今日，不溢一詞。蓋昔曹大家作《女誡》二十餘編，爲世立教，妹雖不解其書，顧能以身作範，何慚大家，文云乎哉！文云乎哉！

封君李少昆先生壽序代

鄭子日近之初至永也，則問境内之山川與所鍾之賢哲，而觀其世焉。於是，山則見大鵬、魁星、小昆侖之奇，水則見桃溪之瀏且清，人則於載籍而知有文章如盛昭州，學術如陳休齋，相業如留忠宣焉。然遠矣勿論，其在今則見李氏兩户曹焉。户曹兄弟同登萬曆癸未進士，爲今官，海内咸以文章學術公輔之器望之，而仲氏又以乙酉舉於鄉，稱爲“三鳳”云。予于仲氏有師生誼，于兩户曹爲通家，因登堂拜二尊公。則見長公者，諄諄有道人也，以里選，游太學，待銓家居，有司勸駕不出，爲太夫人老也。而次公者，又能承長公之教，沾沾色養，家凡千指，共亶而食，雍如也。長公既不就銓，次公又恬然以不見有司爲高。郡守鳳山貢公曰：“長公出處，蓋未定也，吾成其志。次公吾欲遵優老之詔，授以官服，雖貤封之誥，可指日下，此亦聖天子推恩所及也。”次公固讓不拜。是月九日，爲次公誕辰，復請曰：“不如是，何以展主政榮親之情？”乃强次公授牒冠帶，因以爲壽。而在校之士，以往歲壽長公，則有左史顔先生言，玆壽次公言，其在先生。顧日近何人，而敢執筆？然亦竊有聞焉。

夫山川流峙，自有天地已然矣，而鍾靈孕秀，乃亦有時，揆厥所自，實世德盛也。余嘗閲李氏家譜，國初自蜀入閩，乃居於永。數傳而至慵素公，躬深稼穡，口誦詩書，歷艱茹苦，以退爲進，得老氏之用焉。乃長公、次公，克成父志，塤唱篪和。於是長公生伯仲,次公生叔季,鳳軒鸞舉,後先相禪,故善不世不昌,氣不和不卺,《詩》歌《長發》,《易》著考祥,豈虚語哉?今泉中文物之盛甲天下,而長公、次公,一時親見其子並侄之榮顯,頂髮尚黑,壯夫不如。吾聞情恬者體康,體康者壽永,如此則二公之壽,相將至耄期,其爲日尚遠。使長公而出,則父母斯民。即不出,與次公將並褒封,則今日老之青衿,與裒然官服,亦可以比萊子之舞衣,以嬉戲于太夫人膝下。一門之内,春盎風和,其樂寧有既乎?諸生曰:"是以壽封君矣,共進一觴。"

壽蘆川黄母鄭太孺人七十序

鄭太孺人者,博士鄭雲岡先生之女,黄肖省君之室,繼劉氏而相黄君,稱賢配者也。寡時年猶茂,茹苦含辛,撫二藐孤,以有今日。視劉門諸兄弟,猶弟也。而劉氏諸兄弟則曰:"繼吾姐者,猶吾姐也。繼吾姐者,猶吾姐,而愛吾兄弟,不啻吾姐,則世寧有如母者乎!"當母年六十時,母曰:"未亡人何意有今日!"而劉氏諸兄弟則率諸子侄若干人,至蘆川爲母壽。而以曼叟之言壽母,以余爲雲岡先生執友也,視母猶女云。

予既本其所生爲儒門女,而及其歸黄君之由,喜不忘《雞鳴》之警戒,悲載咏《柏舟》之"靡他",養舅姑而感《白華》,歌《陟岵》而申罔極,孝敬之情,予言之備矣。兹及稀年,又欲予一言。顧予何言。余惟天地間草木之花,灼灼者爲夭桃穠李,以時榮也;曄曄者爲槿,以朝榮也。時榮者不及旬,朝榮者不及夕。惟徂來之松,則經嚴冬,不改柯易葉,雖千百年猶然青青也。蓋惟其有如是之節,故有如是之壽。彼桃李與槿,何足語年。抑余又征諸"有頍"之詩曰:"蔦與女蘿,繫乎(施于)松上。"夫松惟喬且茂,然後蔦蘿繫之,是喬松爲蔦蘿之依也。劉氏諸兄弟于母猶松乎?黄氏諸兄弟其猶蔦蘿乎?人情之相依,與草木奚殊。劉氏諸兄弟無忘松上,黄氏之子亦無忘蔦蘿。是日之宴,請誦斯言。

雙壽詩序

世所傳軒轅氏乘飛龍,升鼎湖而仙,嘗與岐伯作《内經》,巫彭處方餌,俾民得免夭折,而自養其壽命者,固有術也。況時尚渾樸,太和流溢寓内,故民多仁壽,亦理然歟?

都閫盧公者,涿人也。涿爲軒轅故墟,蓋壽鄉也。其尊大人暨母太夫人,皆壽七袠,而矯如少壯。尊大人性簡澹,無他嗜,惟喜觀古書,行陰隲事。而太夫人亦静專慈惠,與尊大人比德。所生惟都閫公一人。都閫登丁丑武科第二人,以都指揮體統守備德州,爲近地就養爲宜。去年改武岡,武岡去涿六千里。公以父母老,有不忍違之意。尊大人撫之曰:"天子念及南鄙,命汝提兵守一方,豈可以二老身繫戀耶?往矣。"公遂去膝下,至武岡。踰年,又有廣西閫司都指揮之命。廣西去涿又八千里。公北望,泫然出涕,遥拜而祝曰:"父母教子事君,不敢計遠近,乃晨昏禮曠,即勉强居閫外,奈桑榆何!所願百年頤壽,俾得效尺寸,以此報國,即所謂報父母也。"於是,予二史暨州博士鄉先生辱與公游者聞之,咸爲賦詩,以蒙莊所稱蓂靈大椿者祝尊大人,而以《詩》所咏蘐草之謂宜男者,以祝太夫人,題之曰"雙壽",爲之圖,以慰公。予惟軒轅之世遠矣,今畿内涿爲首郡,國家仁壽之化,必先於涿,矧二尊人静好雍穆,即不事服餌,亦宜與上古大椿、北堂蘐草並長久乎?

李一昆詩序

是編爲封大夫李氏昆翁詩也。翁自爲諸生時,已喜言詩,然方治經,爲舉子業,未暇工也。既貢,領至禮部試闕下,命讀書六館,既 升上舍,將釋褐矣,念太夫人年高,不拜官,家居侍養。值長君伯東與從子叔玄,同登進士,爲尚書郎,教之立朝事主,曰即吾仕也。於是得以暇日爲詩,積久成帙,以予同聲,授而閲之,相與評隲,欣然莫逆也。是時翁年八十有三,予年八十有九,人謂耄耋人,宜安神澄慮,何不自佚,而尚爲騷人墨客事乎?乃伯東則喜謂伏生没齒傳經,衛武公八十猶作《抑戒》,自呼爲小子,非神王而志不衰,安能爾?意欲序翁詩而未言也,而叔玄言之。叔玄之喜,猶伯氏云。乃余既與翁莫逆,又重伯東意與叔玄之請,則不敢讓,亦不敢率爾應,則遲迴踰年,而後效一言。

蓋詩言志,非强作也。稱詩見志,非强合也。予讀翁詩,見志且有合矣。然志命之,氣輔之,聲發之。翁志正而不邪,氣直而不害,聲諧而不滯,以爲詩,故具體而微,潛思而永,不屬安排自成韻。祝頌爲君,燕喜爲親,訓戒爲子孫,敦復爲朋友,登覽言山川之勝,游衍見居行之情,托興取物,取裁於義,不徒爲詞人之言,而於風教,爲有助焉。今伯東位總憲,爲天子持法。仲熙舉孝廉,屢應制科。叔玄復起視學政,爲文憲名家。比之眉山蘇氏,則翁爲老泉先生也。老泉嘗修禮書,授文安簿。乃翁爲親謝不仕,而以子受大夫之封,隱而貴,韞光而榮,且榮及其親。論學術,則老泉本縱横,而翁篤天倫,於風雅爲近。老泉以有歐陽文忠公爲表著,以有聞於後世。而陋巷生何人也,而爲翁序詩,不有愧汗乎?然翁詩不待表著而傳,而余得託名於首簡,雖余愧,而實予幸也。

王恭質公麟泉先生詩序

自昔巖廊明哲之卿輔,勳業顯當時,休光垂後世,何嘗以辭章哉?然而輸忠諭志,作訓頌功,必託之歌咏,若周公述《豳風》而賦《七月》,召公因鳳鳥至而矢音于《卷阿》,方叔元老之頌吉甫,而播清風之奏,是皆情至聲發,出於自然,故一唱三歎,而其風足以感人也。豈後世詞人韻士,組織綉繪者,所能仿佛哉?若今王恭質公之詩,謂詞人韻士之作,可乎?蓋公自爲布衣時,已有經綸天下志,其樂善如飴,嫉惡如仇,亦其平生也。故登第初,授郡司理,入爲尚書郎,即抗疏論權相,坐是斥爲編民。讀其疏,直謂是鐵石人,撼之不動,無不敬而憚之。及其起自農畝,屢遷爲御史中丞,視師大江,陟少宰,晉大司寇,則以清忠之素,布仁厚之澤,一時沐休風者,又無不敬而親之。既而謝病還山,奄忽辭世,聞者驚如星隕山頹。而主上且爲之撤樂罷朝,歎老成之徂謝也。公之疏,已收史館。而服官立朝居鄉之節,又具於當代名公之碑銘。惟公詩散落未及編次,迺公之胤子運昌輯而録之,得一百六十首,離爲二卷,則舉以授余,且屬爲序。

余讀而卒業焉,仰而歎曰:公之謚爲恭質,不虚哉?夫恭以修職,質以敷文,以是寅亮天工,則稷、契之事業,亦在受任間。今觀其集中《漫興》詩云:"有天皆覆物，無地不生春。擊壤堯封舊，啜飱稷緒勤。”是公勤思乎參贊，夢寐乎唐虞矣。使公而獲享大耄之年，則明王有安車蒲輪之召，稷契事功，公亦能就列陳力，酬其夙志，惜其遽遺世長往也。是集諸詩體一百六十，論格調則絶句入室，七言律升堂。抑孔子有言：“《詩》三百，一言以蔽之，曰：‘思無邪。’”觀公覆物生春之語，至矣，盡矣，而奚多乎哉！

郭希所先生詩序

今國家不以詩取士，詩可勿作乎？然有志之士，乃於成進士服官之暇爲之，蓋以大雅在詩也。詩豈易言哉？自情性得者，言言皆真；從外求索者，言言皆妄。譬之草木，時至而敷榮，則有自然之生態，玩之而不厭，以其真也。若剪結而成花勝，豈不爛然奪目，而生態無有，卒歸於僞耳。

吾觀希所先生詩，蓋得其真者歟？先生布衣時無詩，詩皆成進士後作。其初試宰，是媚庶人時也。爲京朝官，是媚天子時也。抗疏忤旨，是以言獲罪，宜見黜時也。既召，而歷官尚寶、大理丞，晉秩御史大夫，出而開府，入而副樞，是受知於天子，而吾道大行時也。遭母喪而哀，優游於林壑而適，是吾道宜晦時也。隨寓有感，皆寄情於詩，非憂民則憂國，非懷親則懷君，其辭婉，其思深，其義正，其風遠。如五言古，綽有魏晉風，七言古似初唐，然絶少五、七言絶句。高者直追唐盛中諸名家，間有如宋人語，無晚唐矣。使天益以年，則陳思王有後輩，於少陵爲弟子。予與先生晚歲有一日之知，而先生之子以先生之《吟草》屬余曰：“爲先大夫閲而校之，將梓焉。”顧余雖耄，不敢不效其勤。於是三四閲，删其繁，正其誤，而彙次以歸之。

都梁甘雨詩序

雨，恒則潦，不則旱，徐則入土，驟則破塊，時則曰甘，不時則曰不甘，故不雨斯禱矣。而應，亦甘也，《詩》曰“以祈甘雨，以穀我士女”是也。余以萬曆辛巳夏五月至武岡，朝岷王于殿下，退而與武岡守陳内宇公交相贊也，則見有隱憂之色。予問之曰:"何隱也?"公曰:"禾穎將實,五日不雨則秕,十日不雨,禾且槁矣,州民何賴?"予曰:"曷禱乎?"公曰:"禱,聞武岡山之下有潭,龍所伏也。予齋沐,將以來日至潭上,叩於神。然神道遠,雨不雨,未可必也,余是以隱。"余應之曰:"公之隱,爲民也。神食兹土,惟民是庇,公誠叩神,神其不應乎?"公如期至潭上禱焉,還至州,不移時,而雨滂沱如注,入夜不休。明日復雨而徐,洗氛滌濁,焦者蘇,穎者實,老稚喧呼曰太守雨。予吏隱于公封内,宜分憂,亦宜志喜,於是作《喜雨》呈公,而和者累數十人,輯而録之,題曰《都梁甘雨》,自公所治言,他不及也。序曰:

雨,天澤也,亦君澤也。天之雨暘,不可必而必之。君,今之郡守,即古五等侯,有君道焉。守誠憂民,不雨而禱,禱而應,精神上通,雨爲守來也。禾甘之,民亦甘之,呼爲太守雨,不信然乎!不信然乎!是年秋稔,宜書大有於郡乘。

璧水壯游詩序

天子之學曰辟雍。辟雍者,璧水之宫也,賢士所關之地。族子某將挾策以游,行之日,告别於予。予曰:壯哉,游也。生山谷間,一丘一壑,無異地;所與游者,鄉塾之子弟,無異人,至狹也。今一旦自閩適越,過吴楚,歷淮、泗、齊、魯之墟,北至於燕,以布衣謁天子闕下,投牒大宗伯,以屬大司成,大司成授之,分屬六館,謂之胄子。胄子讀四庫書,講明修己治人之道,校藝於詞場,積分於三舍,進而登庸於天子之朝,如《卷阿》之詩,所謂"惟天(君)子使,媚於天子","惟天(君)子命,媚於庶人"者是也。則是游也,不亦壯哉!然斯志也,孰壯之,乃吾氣也;斯氣也,孰害之,乃吾欲也。欲不節,則智慮昏;智慮昏,則真氣散;真氣散,志不得不餒。夫人安能無欲,制之而已,毋令氣耗。故讀書神不痼,應事迹不滯。上而事君,忠藎之臣也,下而莅民,循良之吏也。吾不暇别引,先世有尚書叔堅公者,以文章著於宋,孝憲文盛公,以梗介名於宣廟之日,皆釋褐大學,子其勉之。

於是諸父兄弟及子之友朋,皆爲七言近體,以贈子行,題曰《璧水壯游》,而以予言弁諸首。

花縣鳴琴詩序

《花縣鳴琴詩》何？爲邑明府袁侯壽也。壽何言"鳴琴"？述侯志也。何以言"花縣"？以縣舊名桃源也。侯始入境，見其山川紆鬱，民風樸淳，囅然而笑曰："是真吾吏隱之鄉也，可鳴琴而治矣。"夫不下堂而單父治者，宓子之政也。寥寥數千載，伊誰嗣音，而侯獨慕之，是爲令於今，而嗣音於古也。且宓子之在聖門，以君子稱者也。德厚者心平，心平者氣和，其寄情於琴者亦和。而其所奏，若非《擊壤》、《南薰》，則《豳風・七月》與《楚茨》、《大田》、《載芟》、《良耜》。所謂《豳風》，幽雅者也。然非疾苦在念，好惡同情，既流商激徵，亦安能交暢於閭閻田野間。而單父之人，亦未必蒙福，則宓子之心可知也。今侯曰："吾效宓子。"則侯之心亦可知。

侯少負才不羈，遇則《雲英》、《咸池》，奏於清廟；未遇，雖與閭里之黄童白叟，擊筑而歌，連袂而舞，亦樂也。兹宰吾邑，特小試耳。即鳴琴堂上，亦足成治，豈如世所稱能吏，以武健勝哉？迺公暇又蒸髦士，講五經大義要在悟解，自忘其疲，豈《詩》所謂"豈弟作人"者歟？而門下士於侯誕日，問壽於余。予謂侯治在不擾，侯壽亦惟不擾。蓋養壽與養民，一道也，矧侯志乎？於是，余爲賦《花縣鳴琴詩》，而同志者和焉。詩有古風、近體，凡若干首，而余以一日之長，爲之序。而圖，則郡校士蔡生所作，有詩意。而侯誕乃三月十一日也。

送邑侯皖侗袁明府還山詩序

夫别而寄情於詩，何爲也？蓋見芳草而念游子，山中之人也；感秋風而思歸，宦游之士也。矧爲人之長，則情切桑梓，而論德誼，則交契中孚，别其能無詩乎？

吾邑令袁伯伊者，皖山人也，宰吾邑再踰期，則浩然而歸志。曰："吾生平慕魯仲連及仲孺之爲人，進而不能遂志仲孺，退則欲效仲連之願。皖山之下，吾舊廬在焉，吾歸矣。"百姓留之不得，監司留之不得，開府、中丞、直指使君留之不得，於是爲疏於朝，放歸焉。歸則諸鄉縉紳及縫掖之士，所嘗與講德談藝者，相與餞諸郊，各爲詩道大夫之政與歸志焉。言其直道不阿，則擬諸《羔羊》，猶召南之大夫也。言其心一不變，則擬諸《鳲鳩》，猶曹之大夫也。言其以法制淫，則如《大車》之"毳衣"，猶衛之大夫也。言其不以死生動心，則如《羔裘》之"如濡"，猶鄭之大夫也。謂其玩世自放，則如《簡兮》之"碩人"，賢而不忘思西周之盛王也。詩奏，各進一觴，而大夫則惟歌《考盤》、《衡門》之詩酬酌焉。且曰："吾過武夷，尚作十日游。歸皖山，攀援山中之桂，猿鶴與依焉。他日迴望并州，則猶衣山人之衣，復來游温陵、桃源之間，與故人子弟相飲樂。諸先生不忘袁伯伊，袁伯伊焉能忘諸先生。"於是促駕就道，而次第其詩。

餞别陶衍泉擢令洛容詩序

衍泉先生生大儒之鄉，學聖賢之學，蓋有當世志者，而意序貢試天子之庭，以貧不入成均，授學職，初分教寧德，轉而掌教桃源。所講者六經，所守者聖祖之章程，猶明道之日，非行道之地也。乃大中丞撫治八閩，察諸學宫中，得先生，曰："是通於政者，可以爲民牧。"遂荐之，擢令西粤之洛容。

洛容隸柳州郡，柳宗元舊治也。宗元亦有志者，惟以躁進，故有柳之行，然能痛自刻責，勵志求治，大變柳之謡俗，柳人愛之若父母，敬之若神明。先生令洛容，其惟以柳侯之心而隨時更化，是柳試於柳，先生試於洛，令與刺史，官不同而道同也。《詩》不云乎"畏此簡書"，先生之行不可緩矣。然余諸子弟在先生之門者，猶爲之戀戀，而予亦豈忍一日遽别先生也。蓋先生與余神交者廿餘年，一見即歡然執手，每徒步游涉，款余蓬户，終日坐，惟風雅之談，夜則踏月歸，屬咏貽予，而予和之，蓋喜其聲之不同也。今先生别矣，談而誰聽，咏而誰和，子弟之執經者誰解。非酒無以寄情，非詩無以見志，於是乎飲先生于魁星巖之十二景中，余賦河陽花不夷，洛容進於中州矣。諸弟子或賦鳴琴，或賦治蒲，皆孔門弟子爲宰者也。或賦甘露，賦和風，君子之政如是也。或賦白雪，賦陽春，君子之情如是也。或賦兩岐麥秀，則漢循吏召致之嘉祥，是稱於班史者也。詩止此矣，先生行至柳，謁柳侯廟，讀韓昌黎所著碑詞，然後至洛容。

游笥雅集序

内宇陳公，擅西粤才名，其舉於鄉時，年尚少。爲文學，嘗典吾閩《禮經》試事，旋令平江。令平江六年，乃擢守武岡。公政平易，務在不擾，又不爲期會簿書所苦。每值風日之佳，山川之勝，交流傾蓋之歡，未嘗不託之歌咏，寄之筆劄，然亦自適而已，不忱忱乎是。而海内之慕公者，無論顯晦遠近，或離而合，或異而同，有唱必和，有贈必答，連篇累牘，公咸收之笥篋中，行必携以自隨。明府樸軒劉先生者，郡人也，得從公請而閲焉，謂不可不類次爲編，公許之。編成，而公以父喪去。迺先生又改平江。民間之歌謡，與夫去思之碑，而武岡紀政詩亦綴於後，以示桃陵子，曰："何以名是集？"桃陵子謂："集中之詩若文，蓋公游宦時笥中所携，而皆鍾於情者。如里巷之歌謡，豐碑之紀頌，其情又皆出於正。正者，雅也，而風在其中矣。題曰《游笥雅集》，可乎？"先生曰："可。"於是桃陵子爲之序。

序曰："登高能賦，大夫之事也。稱《詩》諭志，《春秋》之例也。故《烝民》、《崧高》，爲贈遺之篇；《緇衣》、《鳲鳩》，爲頌美之什；《甘棠》、《九罭》，爲繫思之咏。而君奭留行，子産論邑，言出爲章，義緣辭見，文之不可已如此。夫然，出於里巷者，情真而辭質；出於士大夫者，情洽而辭文。發諸情，則感興爲深；録諸經，則垂教爲永。遐哉，邈乎不可尚矣。今觀是集，於倡和可以知志，於遺贈可以知情，於歌謡可以知風，於碑頌可以知政，於序記可以覈事，而考衷在公者見豈弟之風，在人者見秉彝之好，而集於是乎備。《易》曰'鶴鳴在陰，其子和之'，言氣同也。氣同則聲同，非公焉，孰求而應之。然聲不可强諧，調未能盡合，風既異域，思亦殊致，則孟子所謂今樂猶古樂也，亦取其情之正而已。抑公志存宇内，而宦迹所至，惟粤海楚澤。而越之禹穴，吴之茂苑，伊洛之土中，齊魯之望國，秦晉之故都，翼翼京邑，巍巍明堂，殆未之陟也。今公挾風雅以游，而游於是乎遠矣。”

倚玉小草序

予謝仕歸時，而叔玄登第日也。予髮種種矣，而叔玄奉官歸，成婚禮，稱郎君焉。然予則視叔玄珪璧金錫之資性，如衛武耄期之年。余不羡其成名之早，而歎其成德之若素也。顧叔玄執弟子禮益恭，曰：“予父執也，顧其聲同。”其聲同，爰居爰處，以遨以游，或孤吟以舒懷，或同咏以見意，固不知其誰老而誰少也。昔杜子美與嚴武父挺之友善，後武與子美同朝，子美罷拾遺，武出領節鎮，子美窮而依焉。其相倡和，相贈答篇什，見諸集中。予與叔玄，宦不同時，交已兩世，乃里第之親，勝於賓佐。蓋自甲申之歲至今，凡十六年，其爲古風與近體若干首。昔人謂以賤承貴，如蒹葭倚玉樹，故集曰《倚玉小草》。詩無侈言，無諛言，唯歸諸德誼與情性焉，非是者，皆詩之所禁。

高士輓詩序

高士輓詩者，輓黄孔昭之詩也。孔昭刻意尚行，雖不治博士家業，而於書無所不窺，至詩則沉湎焉。而超然獨悟，又以書與畫爲三昧，好古君子交稱之，願與之友，若不可得。至以其人比黔婁，詩比孟襄陽，書比李北海，畫比王右丞，不必其似，惟要其至，世所稱爲高士者也。往歲自閩海之吴越，歷齊魯，登泰山，俯日觀，轉谷梁宋，登中嶽，盤桓於二室，欲西游華山，不果。以余客吴，自汝來會，相與還。過錢塘，欲作經月游，遍閲湖山之觀，而病作，扶携至家，月餘竟不起，然亦少畢孔昭平生五嶽之願矣。是年，孔昭六十有七，猶未稱老，而社中同聲咸相與爲詩以輓，一倡之，衆和之，蓋傷其人之不作，而歎雅道之寂寥也。乃其仲子伯羽，哀而集之，凡若干首，以序屬余。

予惟詩之有輓，則自古然矣，惟曠觀達生者，則視死生若旦暮，乃朋友姻戚，不忍其音容之永隔，臨棺悼，發引有輓，而爲詩以寫其哀，如《薤露》、《蒿里》之歌，雖行道之人，亦唏噓泣下，則詩之感人，莫哀爲甚矣。至道平居之素，則終身繫思，發潛德之幽，則没世誦誼，斯不惟《薤露》、《蒿里》之爲感，而孝子至撫卷而不忍讀，又重而不忍遺，則伯羽斯集，亦人倫之紀歟？予與孔昭交，在童冠之年，相信爲深，善余翼余，趨之過予，規予改之，有倡余酬，且予評之，乃今無復孔昭矣，此予所爲哀也。孔昭遨游海内，凡稱詩者，皆知閩中有黄山人，則哀孔昭，非獨在余，又非獨社中之素交者。聞孔昭卒，將必有因風而至，題曰高士，亦海内之同稱云。

黄國潘詩經説序

孔子教小子學《詩》曰："可以興，可以觀，可以群，可以怨，邇事父，遠事君，多識草木鳥獸之名。"則古之學《詩》與今異。今之學《詩》者，求通其義，以試於有司而已。然其義未易通，而業亦未易精也。《詩》之義六：曰賦、曰比、曰興、曰風、曰雅、曰頌。其體殊，故其義别。賦者，即事而直言之也；比者，類取於物而微言之也；興者，感於物而引言之也。風多婦人女子里巷之言，雅、頌則士大夫朝廟之詩。婦人女子之言，近而婉；士大夫之言，遠而正。行役與軍旅，同行異情。美德與作訓，同文異致。燕會與禋祀，同義異節。明乎此者，雖云舉業，與《詩》之立教，亦不相背。不明乎此，則判兩途矣。然讀《詩》之法與讀書不同，説《詩》之法與説書之法不同。非不同也，其義殊也。今人以讀書之法讀《詩》，説書之法説《詩》，至於爲《詩》義疏，概如《易》、《書》、《春秋》、《禮經》，自以爲新奇、脱落，於六義無所分别。而有司好奇者，又從而收之，以標于士林。夫如是，則興、觀、群、怨於何取？而子臣之道，皆無所感發以成其教，而鳥獸草木爲《詩》龐贅矣，豈所以言《詩》哉？本朝既表章朱子《詩傳》，爲學者所肄業，又命儒臣緝諸儒異同之説，以爲全書，用補《集傳》之未備，則既詳且著矣。學《詩》者，能於《集傳》之外，兼究全書，而又以意逆志，不爲鑿空之説，以相求勝，乃免僭妄之罪，則説《詩》豈可易言哉？

黄國潘氏，蓋業《詩》者，沉潛於此有年，其於六義，既無不明，而意之所及，有足以發諸儒所未發者，亦著其説於篇什間，而直言、微言、引言，於里巷、朝廟，亦皆如其《詩》旨,而不殊焉,可謂善説《詩》矣。若徒曰訓詁帖括,而加之以屬偶之辭,斯爲濫觴,而黄氏無之也。黄氏以予嘗業《詩》,而以序請,故爲論説《詩》之大義如此云。

松野詩集序

詩自《三百篇》而下,有楚《騷》。《騷》,屈大夫作也。而其弟子宋玉、景差相沿爲詞,故稱詩者又祖騷矣。襄陽孟浩然,五言律詩爲唐獨步,又風騷之别致,則楚之多詞人,自古稱之矣。乃揚子雲爲"辭賦小道,壯夫不爲",又何耶?蓋詩本性情而爲者也,一不出於正,而但爲豔辭怨曲,以導淫增悲,則亦不必爲矣。若風騷之詞,比物連類,可以興起人倫,而爲刺俗悼恨者,豈可概言小道哉?

《松野集》者,張希孝裒其詩而以號標之者也。希孝,武岡詩人,自爲博士弟子時,已學爲詩,後遂放浪形骸外,效孟浩然之爲人,而其幽隱山林之詩,往往似之。蓋希孝所樂者在此,則其詩亦宜出於正,而不流於豔與怨,斯可與言詩也已。然孟詩比之異香奇羽,不可多得,豈亦生平不苟作,或删定乃爾也。希孝詩累簡帙,然爲世珍愛者,必異香奇羽也,奚多之爲?又篇有如陳子昂"吾愛鬼谷子"之意,其所負然也,惜今老矣。隆慶初,有詔徵天下隱逸之士,州官以希孝應,而就行省,授以冠服,稱徵士焉。余爲岷王傅,國中無事,與希孝結社相唱酬。而希孝之祖衍閩人,登永樂進士,由部郎出爲王傅,姻連戚畹,遂家武岡,則希孝閩人而楚産也。其鄉同,其祖官同,其稱詩之志又同,故予爲之序,令知孟詩之後,又有若希孝者。

燕南寓稿自序

余在燕南,蓋五年,自號迂生,有詩若干首,雜文若干首,合而題之,曰《燕南寓稿》。喟然曰:"甚矣,迂生之迂也!方治舉子業,文宜時,而爲古文,而弗録。及仕宦,宜時而志古道,故弗達。二者交相病而爲,是迂也。"爲予謀者曰:"弗時弗録,宜廢古文,仕弗達,宜廢古道。乃今猶獲落一官,而存是稿,非益病乎?”予應之曰:“余之在幕中也,無有司之事,而惟軍政之聽,時際盛平,是爲閑局。士大夫非相好者不交,而願交者,不責予以背時之行。又以暇,得讀古人書,爲吟咏著作之事,非若應舉時,必求合于主司,而無所禁,或者將以成迂生之迂乎?然猶懼其終爲時病也,則願避地於烟雲泉石之間,資是爲笑傲之具,是集之意也。”

文昌君五魁星圖贊並序

按《搜神記》載梓潼帝君靈迹甚備,即文昌君,而又有朱衣爲之佐,以握文章之符。《五行志》則以北斗第二星其旁兩星相比而爲魁星,有神焉,面如蒙箕,側立斗旁,蹺一足以承斗,故字從鬼、從斗。蓋斗以酌四時,則元氣運,魁以司文明,則人文著,故學士家祀文昌君,並祀魁星也。今觀此圖,其乘而馳者在雲中即文昌君,其聚而立者在斗下,即魁星。在天惟一耳,而五者則以五經異籍,而魁各司之也。瞻言恍惚,敬爲之贊。贊曰:

焕兮發兮,神所拔兮。彪兮炳兮,神所命兮。鹿鳴興歌,菁歌式燕。臚句首傳,大人虎變。士林增輝,邦家攸奠。温飽是懷,顔則有靦。神兮靈兮,爾佑爾譴。

惠明寺重刻護法論序

佛者,西方之大聖人也,列子謂孔子有是言矣。當時佛未入中國,而孔子果有是言,豈以神交歟?然佛氏之法,其在西方,西方之人宗之。及既入中國之後,迺盛講於梁武之世,則皆佛氏灰燼之餘光矣。厥後或盛或衰,蓋無常焉。然不能終廢,亦不能使中國盡習其教如西方。則中國有堯、舜、禹、湯、文、武、周公、孔子精一之心傳,而行君臣、父子、昆弟、夫婦、朋友之懿典,四民恒業,職思攸存,譬如生人之賴穀粟布帛,以濟饑寒,而不可一朝缺者,蓋常道也。而佛氏之教,直指心見性,寂然一歸於無,譬之苦茗冽泉,可以陶滌一切濁穢,以通靈入聖。而輪迴地獄之説,則用以警懼下愚頑凶之徒,是亦有助吾禮樂刑政之所不及,斯季世之所取資也。若概以出世之法,語居室之民,而欲其去父母妻子,而捨四民之業,則中國固不能盡從,此韓退之、歐陽永叔之所力排而又不免無盡居士張商英之所力辯也。釋氏之徒,則謂無盡居士有功於佛矣。而居士又傷學釋氏者之背其師,豈其不能堪苦茗洌泉,而思穀粟布帛之温飽耶?斯無足怪者。惟並厭穀粟布帛與苦茗洌泉,而盡去之,爲法外邪道地獄,果有斯人,將安逃乎?是不惟釋氏傷之,而吾儒亦傷之。居士故業儒而位相國,依皈於佛,宜又傷之甚也。

惠明僧取《護法論》,重刻之寺中,問序於予。余觀書,是已有學士金華宋公題詞矣,予又何言?余惟惠明僧有感於《護法論》之意,而欲廣其傳,亦有功於無盡居士,故爲之序。

重修歐陽書室九日宴集分韻詩序

清源山東麓,空峒上出處,爲唐國子四門助教歐陽行周先生藏修書室,蓋當日之所選勝也。先生讀書,洞究蘊奥,摛詞迴復切理,故能發軔觀察之門,揚鑣賢關之地,宰相授知,而同榜推譽,如記載所云也。矧文憲開先於七閩,誰非後學;孝慈見信於同袍,何惑異議,先生誠不負此山矣。人代既遠,室宇久墟,不有後賢,孰光先哲。昭毅將軍,先生之裔孫,臬司憲副,昭毅之冢子,後先修葺,載新載完。棲神在舍,左右圖書之如存;宿客有軒,朝暮烟霞之共適。時維九月,節屆重陽,邀我同儕,共落斯室。飛觴交酌,分韻賦詩。高山與仰止之懷,同臭切如蘭之義。詩别一方,並系姓字。

楊氏家乘序

楊起伯將軍今所稱儒將也,有杜征南之風。預注《左氏傳》,魯之《春秋》也。起伯叙次楊氏之世,作譜牒,則爲《楊氏家乘》云。譜成,以序屬陋巷生曰:"洪震生二歲失怙,賴寡母有今日。方兒時,不知楊之所自來與禄之所由授。既長,見祖卷,過建安,拜先世甲胄之藏,問其世於宗老,及今十餘年,始作是譜,非敢緩也，王事馳驅，未之逮也。先生其惠一言。”

余受而閲焉，既閲而歎焉，曰：“孝哉起伯！”今之縉紳，遭時顯仕，享厚禄，爲子孫計，則多買負郭田，廣營第宅，手執會計之事耳。至水源木本，恝然不問。其於初從再從，以及族黨，視猶路人，而安及譜牒哉？今起伯且治兵，汲汲焉惟先世是念，其言曰：“吾之身與族人之身，皆吾先祖一宗之傳也。自祖先視之，千百派之分，猶一宗，千百世之傳，皆一氣也，是在吾譜矣。又吾爲世禄之家，猶周世禄之大夫有宗法焉。大夫爲宗子，族之人皆宗子統之，雖千百世不得而亂也，是在吾譜矣。”乃余按譜，而知起伯之始祖曰朝元公者，爲鳳陽人，當高皇帝龍興時，提一劍從大將軍徐達征伐，所至克敵，戰亡永平。其子福，以父功記録，後先凡數百戰，累功萬户，歷官至福建行都司都指揮僉事，戰亡交趾。福子某，世襲建寧衛指揮使，調泉州衛。自朝元公至今，歷十一世。朝元而上在鳳陽者無考矣。予則以楊氏之啓祐於後，光顯於前者，不可不立傳以昭示來裔。蓋朝元父子百戰陣亡，所謂死封疆之臣也，於楊爲烈祖。起伯寡母郭太君，忍死育孤，以續如線之緒，克光前烈，是利建侯自太君矣，於楊爲貞母。起伯慈訓時，束登武第，統貔貅之將，開府大中丞，肆靖海閫，是文武之將也，於楊爲聞孫。是可以觀楊氏之譜矣。起伯爲慮之遠，爲教之弘，楊氏世世子孫，其尚繹思哉！

青蕉顔氏族譜序

蓋廷椝至青蕉，而後知青蕉爲長官公之世嫡云。顔氏自唐末五季時，居泉郡之歸德，曰洎公者，不知何自來也。洎公生仁鬱、仁賢、仁貴兄弟三人。仁鬱公爲歸德場長，没而歸德人祀之，宋乾道、嘉祐間，封惠應侯，加封孚佑王，蓋神明之也，廟在故里石礫。仁賢公爲安溪簿。仁貴公爲晉江丞。仁鬱公官歸德，而仁賢、仁貴居永春，仁賢之後遷安溪之烏塗，絶無往來者。仁貴之後，今在上場，則廷椝其派下諸孫也。長官之後，不知何時遷永春，又不知何時遷漳之青蕉。

萬曆乙巳秋，予至青蕉，則青蕉之宗老子弟有衣冠者咸集，出所藏譜序，自永春始遷青蕉者,爲長官公六世孫,諱慥,字惟實,與端明大學士蔡公襄友善。蔡公守泉州,以公經術行誼,薦爲州教授。蔡公還朝,即退而卜居於青蕉,海濱之士皆從而授業焉。而子孫世守其詩書禮義之教,數世後,登進士及特奏名,曰敏德、曰敏道及曰質者,後先相望。而亦有以武舉爲都統者,蓋鬱然與員嵩尚書之族相比肩。乃吾永春譜記,長官公八世孫曰質者,登進士,不言爲青蕉人。顔敏道爲德化令,有祭長官文,見《德化志》,但言爲漳人,而不知爲青蕉人也。某早歲嘗從先曲周府君至石礫,拜長官公墓,瞻依廟宇,求長官子孫,惟廟前農家三五人,問其父祖而上,茫然不知,爲之悵恨,而不知遠在青蕉也。廷榘嘗修家譜,以小宗法維繫族人,以仁鬱爲洎公嫡子,爲繼洎公之宗,仁鬱之子孫宗之,仁賢、仁貴不得爲宗,而自爲祖,其仁賢之子繼仁賢爲宗,仁貴之子繼仁貴爲宗,所謂繼别而爲宗者也。青蕉之子孫,可二千餘指,與上埸等,惟不知烏塗若干人耳。夫江出岷山,漢出嶓嵱,溯迴而上,無有不至。爲子孫者,存仁義之心,而敦孝慈之行,奚有親疏,奚有遠近,萬古此岷嶓,萬古此江漢矣。

颜桃陵文集卷三

傳

石渠先生傳

石渠先生，姓吴氏，諱望，字周臣，莆陽人，家黄石之壽鄉。初號石臞，以貌言；後曰石渠，以儒自命也。先生性高潔，好讀書，又喜吟咏。家貧無書，常借書讀，又强記，故胸中富，人謂之"書簏"。其時舉業之文，浮靡不根，先生獨沉鬱，言言求理，人皆笑之曰："之生也，爲文乃爾耶？"試復不利，歎無知己者。一日，郡守周公試文，甚稱賞，欲置第一，見其年長，竟棄之。先生抱恨，謂其不識已矣；既識而棄，於吾道窮矣。然志尚未灰，當大比，猶持卷同後生扣主司門，庶幾一遇，竟落落布衣終。然當時稱詩，必曰石渠先生。於近體五七言，頃可十數首，長篇至百韻不休，其體裁類歐、蘇，而風韻則孟東野也。家貧，常游學代耕，然人皆謂先生狂。

余自弱冠授經於先生。先生恂恂顧禮，衣冠不正不登講席，有問必拱立以答無隱，説書不用講語，只以三兩字貼本文。每盡一章，則雜言古今事，令聽者亹亹經守朱氏傳。人所忽處，先生必研究求其旨，故説詩比之匡衡解頤云。教人看文字，必先令自點竄，然後定其衡，故學者因之長識。至於作詩之法，未嘗語門弟子，以非所習也。先君判連州時，先生常寓書云："草堂讀書，於'豈弟'二字，想見執事，而歎連人有父母也。循良實政，當道見知，願益堅初服，以永終譽。範卿所業，今長一格，近可取科第，遠可稱文章家。"乃先君仁聲之在連者，至今有聞，顧余則兩愧之也。鎮江太守黄公華，先生友人也，招聘先生之京口，與所選數十人講業甘露寺，公亦往督之。一時士喜得師，而歸作人之功於守，其事與王介甫令鄞時，請杜醇事正相類，此亦先生之一時也。先生喜菊，在余館下，種菊數品。值先君謝事歸，菊有花，先生作啓，招看花諸君子，爲先君壽。而先君遇節，又相拉汎舟溪上，流觴花紫山，登魁星巖眺望，與王君邦翰、鄭君爾寅皆賦詩紀興，而先生爲之序，用王逸少答謝太傅書，言桑榆之年，必藉絲竹陶寫，不令兒輩覺之，語意殊曠達。臘月，又與余及方生則章，尋梅過溪橋，賦咏踏月而還，依稀浴沂之事。

乙卯，余讀書蓬山，先生當暑自莆來，宿友人潘獻卿家，晨興當飯，痰作，昏迷不省。余趨視，則見先生面赤，氣從口出，目猶未瞑，舁至鄉社中，入夜乃絶，哭而殯之。乃具朝夕奠，水羔則先生所貽者。因謀諸同業生，欲相地葬先生。其子爾寶至，曰："必首丘。"哭而送之。又數年，倭擾閩南，莆中尤虐。余時自南雍歸，阻於莆城，問爾寶，死於疫。其妾携一男一女來見，俱幼，云寄食于柳氏姑家，面有菜色。予旅途亦窮，分所食賙之，以濟目前。余歸，其冬，莆城陷，是子女不知存亡。亂定後，先生之族子曰士樂者，寄聲云：先生無後矣，其柩猶在荒墟。時予鄉閭亦棘荆，先君之喪在郡城，未克歸。余近哀吾父，遠哀吾師，因共歎當時其子不念首丘，桃源猶有一抔土，今不知從子侄能埋之乎未可知。其遺稿亦散落不收，僅采輯一二耳。顧先生没今五十餘年，而予亦耄。先生之志行不傳，是余罪也。謹即余所知者，序次爲傳，使百氏亦知莆有如先生者。

顔生曰：士有高論千古，與俗異趣，如先生者，今之所謂顛，古之所謂狂乎！其遇不遇，時也，先生何歎焉。若韓退之傷醉鄉之徒不遇，謂回之操瓢與簞，參之歌聲若出金石，皆樂孔子之道，乃醉鄉之徒，不得孔子爲依歸，故但托之酒以自放，亦傷之也。先生不遇于彼，又不遇於此，其可悲也夫，其可悲也夫！

歐陽觀察八山公傳

觀察歐公名模，字宏甫，泉之南安人，世居東田。其初居八都，號八山，不忘故山也。泉舊姓無若歐陽氏，在唐有歐陽詹，官國子四門助教，遠矣。至曾祖夏、祖鎬，皆不仕，有厚資，足稱素封。鎬生贈總兵昭毅將軍深，深生公。

公八九歲，即能爲制舉之文。嘉靖戊午舉於鄉，己未成進士。初令霍丘，調上津，遭父喪。起補肥鄉，入爲都察院都事，改户部員外郎，監楚兖，還爲郎中，掌司事，出守寶慶，遷廣西按察副使，罷歸，時未五十。蓋公爲詹世裔，詹貞元間與韓愈、李觀、崔群諸賢同榜，時賀得人，稱龍虎榜，閩人始知科第之榮。其卒於京師也，愈作哀辭，謂其文切深，喜往復。事父母孝，父母不以詹遠離爲憂，而願得榮仕爲樂，而竟齎志以殁，蓋傷之也。寥寥七百年，乃有深。深倜儻士也。由鄉校補大學生，而豪於爲義，所交游盡一時名人。嘗散萬金不顧，曰："吾欲效張子房、卜式之爲人，獨守阿堵間物，何爲哉！"

嘉靖末，閩南連歲患倭，海濱民因亂從賊，初爲求活，後桀驁者各豎幟立營，仍與倭爲徒。時深從浙中歸，則曰："是可任黔黎盡變爲賊乎？願一掃清之，一諭撫之，然非吾書生事。"乃納粟助邊，授泉衛指揮。會倭薄城，以强弩射卻之。所慕兵，皆嘗受德者，無不效死力追賊，俘馘功多。中丞開府游公，聞而禮聘之，授以兵符曰："招討之事，是在將軍。"時倭復大至，而蟻附之徒數十萬，連營數十里。誓師一出，連破數寨，梟其渠魁以殉，而以順逆禍福諭其從亂者，皆稽首聽，謂歐陽公生我也。於是，爲農者歸農，有勇力者從軍，而流離之民，得還故里者，無不感泣曰："非歐陽公，此荒墟荆棘，何由得歸剪乎？"開府上其功，升行都司指揮，戍守泉漳。未幾，倭陷莆城，檄令領兵駐瀨溪，進次東霄，距其南下。邏卒報流倭至，即單騎從數鋭士出，遇賊，彼衆我寡，力戰死之，然手猶刃二倭。事聞，上特哀恤，賜襝祠祭，贈官加二等，予世指揮僉事。時公在上津，訃至奔歸，而恤典亦適至。公五内崩裂，而荷國恩如山之重矣。

公登第日，昭毅已握兵符，嘗書劉長卿"家散萬金酬死士，身留一劍報君恩"之句以自見，謂公曰："汝父義不顧私，汝幸得一第，可負所學乎？"故公治霍丘，一稟嚴訓甘清苦，視民如子，以節愛稱。乃督鹺使者承權相意，有望於公，公若弗聞也。坐是得簡調，曰："臣才宜簡調，得上津，分也。"其治肥鄉，視上津爲煩，公亦以簡御之，不易其素。監楚兖，所立規條，皆可爲後人法。守寶慶，以郡僻則卧治之，惟加意作人，如福太守車公大任，巡按閩中劉公應龍，皆公所識拔士。其備兵桂林，凝定持憲體，不苛察爲名，然已爲忌者所目攝。遂罷歸，日惟與故人杯酒爲歡，初不作詩，後與郡中諸老結社，亦探韻爲之，必盡興，然篇不多也。蓋優游林下者，幾三十年，享年七十三歲。公篤於人倫，視宗族群從如親兄弟，鄉鄰待舉火者數十家，一體昭毅公意。乃予聞公禮闈放榜日，有權相私人啗公以臚傳上第，不應。曰：總之爲進士，何崇卑也？人高其識。而蔡景明監武昌，時江陵張相公作室，藩臬内外道皆有餽。有事于楚者，亦有餽。公不行餽，而景明在外道亦不餽。則公於義命之際，揆之審矣。予獲交於昭毅公，與四門先生異代同聲，故尚論其世，爲公傳，而子弟之名次，與應襲之世胄，則具諸名公志銘中。贊曰：

陋巷生嘗登歐陽行周讀書室，愛其巖石幽奇，徘徊者久之，爲之擊石賦咏，猶想見其人也。然不有宏甫父子，亦寂寞空山耳。衛之左，昭毅公祠在焉，睹其遺像，肅然有忠義之氣，讀贈官誥，則見本朝恤死事之典。而孝子之感激遠慕，見昭毅於九泉者亦在此。温陵文獻，吾徵於歐陽氏矣，豈虚也哉！

貞烈婦葉氏傳

顏生讀《易》，至從一而終之義，則歎曰：婦人所天，惡有二哉！然孰不願與君子偕老，顧有不然者，或始醮未幾，而遽殉以死，則有不可解者繫其情。故曰：節不以盛衰改，心不以存亡易，烈婦殉夫，不獨在昔矣。蓋予過清溪，則聞來蘇里中，有儒生許志超妻葉氏者，貞烈婦也。

葉氏名坤隨，其諸父兄皆博士弟子，而坤隨幼聰慧，聽諸父兄誦讀，則喜，若有悟者，閑内則，習女紅。年十九歸志超，事舅姑如父母，視娣姒如嫂，諸姑如娣姒，闔門宜之。志超每讀書至夜分，必紡織以待，且勸之曰："丈夫志在四方，非師友無以成學，門以内非肄業處也。"志超乃鼓篋入郡尋師，刻意力學，因而就試，爲有司所識拔。然未遂舞象，忽而疾作，父促之歸，然疾轉劇。葉乃焚香祝天，祈以身代，竟不起。蓋志超别家時，婚僅兩月，距卒未半歲也。葉擁尸哭，仆地絶而復甦。既殯，晝夜坐卧柩側，誓以死狥，蓋不食者數日。姑憐而慰之：

“兒死,命也,婦死何爲?”且强之食。婦曰:“男女室家,爲似續也,没夫無後,生欲何爲?數尺練以了吾事耳。”而諸姑娣姒則解之曰:“窮鄉僻壤,即死爲烈,誰則知之。”答曰:“吾死以畢吾事,安取名?然喪有禮,死有期,所爲少須臾未死者,以早朝夕奠也。”於是,强飲漿,稍存微息。及將撤帷,則盡出簪珥,與諸姑娣姒别,諸姑娣姒咸泣下,不能視。婦曰:“勿吾傷,吾心安,則吾目瞑,吾魂已在夫傍矣。”晨起,梳沐,易衰服吉,首拜天地,次祖宗,乃辭舅姑伯叔諸親屬,舅姑伯叔諸親屬皆不勝悲掩泣,强而前,各成禮。婦跪謂舅姑曰:“婦死,則得見夫地下,舅姑老矣,惟願節哀加餐,勿爲婦念。”顧謂夫弟曰:“汝兄没,父母所望者,叔也,宜努力學業,以就汝兄未就之志,汝兄不没矣。”又謂姑曰:“婦妹未字,季叔未聘,因親重結,爲姑季婦,婦亦不没。”語畢,即請夫柩,以手擊几曰:“可早相待。”闔門,取練自經氣絶矣。自己至亥就殮,面猶如生。諸親屬鄰里咸集,無不嗟悼揮涕。蓋其時志超年二十三,而婦方二十,烈矣,烈矣!而從容中禮,略無慘惻之意,視死如歸。里中父老以其事聞之縣,轉于府司,而直指使奉詔書詢訪節孝,得葉坤隨貞烈事,遂奏聞,上特表其門。贊曰:

女子以身從夫,猶臣子以身從君,故烈婦知有夫,夫死矣何歸乎?故赴壑如家,投火如甘者有之。若葉坤隨,其斯人之儔歟!而士君子乃有竊不義而恤其私者,視此不有靦顔乎!婦未死前,有虹飲於庭,或以爲許家瑞,此非所以重烈婦也。

碑　記

武安王廟碑

國朝祀典,蓋酌先代舊制,於季秋霜降日,式祀六纛,以武成王主其祀。又祀漢壽亭侯關公雲長於教場,爲三軍司命之神。而廟額封爵,仍宋大中祥符間所稱“義勇武安王”云。獨保定教場,無武安王廟,而私創民間。乃予奉命總理兹鎮,則見將領騎士,征戍出入,往往禱於民間之廟。而市廛喧嘩,實無以答靈貺而肅神威，乃就東教場立武安王廟，如制。諏日相地，鳩工構材，以陶以埴，前爲廟，後爲寢，翼以廊廡，周以繚垣，廟中塑公像及諸將，介胄刀戟，煌如森如，工凡五閲月成。成之日，樹牙旗，鳴金鼓，陳俎豆，奠尊斝，集文武吏而落之。而在伍之將士，凜然如大元帥在上，而左右指麾之也。於是，伐石紀作廟之由，豎之廟下。

某曰：古者治兵振旅，必告於始作軍法之人，《詩》所謂"以類是禡"者是也。保定爲畿輔重鎮，凡有甲士若干人，馬若干匹，車若干輛，將領若干員，春秋兩防，籍之以閫司，領之以游擊，統之以大都督，而又以憲臣總理之，卿執重臣開府節度之，其理於明者，至備矣。顧武安王特以祈禳祀於闤闠，將領出入禱告，無所理於幽者，得無缺與？今教場之東，巍然新宫，雲日掩映，固宜其神之陟降，而有事於軍旅者，觀王威靈，而作其勇敢忠義之氣，此廟之所爲立也。若夫王之大節，著之史傳，而威神照赫，則見之《搜神記》，今俱不述，述其系於保鎮者云爾。又以王久于楚，習聞楚聲，並作送迎神曲三章，俾祀之日歌焉。其詞曰：

赫赫兮神靈，神之游兮帝廷。電爲旗兮霓爲旌，掃攙槍兮持天衡。天九重兮路冥冥，焚椒桂兮熏以升。（右迎神）

辭天門兮下雲衢，馳風馬兮來須臾。撫長劍兮撫陸離，依貝闕兮以高居。注黄流兮奠玉斝，飲且食兮樂以胥。（右降神）

神將逝兮夷猶，風蕭蕭兮旌旗愁。令靈嫖兮致告，歲穰穰兮有秋。烽不舉兮塵不流，士超距兮馬龍游。乘六轟兮往來，頻悵望兮雲頭。

蒲城令胡侯德政碑代

蒲城隸華州，編户五十四里，在陝爲巨邑，稱難治。隆慶辛未，蜀井研胡侯，以名進士宰玆邑。下車即召父老，諭之曰："爾蒲非古雍州地乎？厥土肥饒，號爲陸海，何爲逋積？土厚水深，民生重質，何爲訟嚚？毋亦吏拂爾百姓欲，澤弗下究歟？抑下有所壅，而情弗通也。其咎安在？令，爾父母也，爾有疾苦，不以告父母，何從而知之？”父老曰：“侯問及此，是百姓之福也。夫謂蒲逋積者，非逋也，田弗均而賦重也。訟嚚者，非嚚也，風弗惇而民悍也。咎在百姓，用貽父母憂耳。”侯憮然曰：“民昔民也，無弗良；地昔地也，無弗善。邁樸還淳，是誠在令。”於是下令曰：安上治民，莫善於禮。學校者，禮教之所自出也，士不率教，則民無觀。訓迪而約束之惟師，時督而振作之惟令。乃取卧碑條約，與博士弟子共守焉。又於朔望，集諸鄉民，講聖諭五事，兼以藍田鄉約，使知五典之重，與四民之業。遇農作，雖公務倥傯，亦循行勸相，視地高下，疏畎澮，爲民利。其有訟在庭者，反復詳鞫，必得情無憾，然後安。其一切可以理諭而情遣者，聽民自解息，不息而後論斷。親按籍，履畝均，則民田，雖勢家權門，不爲撓。務令糧有所歸，賦不偏重，徭隨户均，役與賦平，徵督有期，出入有准，官無加耗，羡歸於公。而民間有豪猾名爲馬户，而坐食公帑者，復廉知而盡革之。又行保甲法，俾相守望，四境以安。其守官則自常禄外，一無所與。居常食飲一瓢一盂，澹如也。在蒲四載，政通教洽，召拜某官。蓋今天子履祚之三年也。去之日，蒲民老稚，扶携郊送，若孺子之捨慈母，依依而不忍違。

其明年，予自汴被命移撫京西，過家展墓，而蒲之耆民凡若干人，詣予請紀侯德政。且曰：“蒲令之賢者，自漢以來，列於邑乘，僅僅數人。而今則惟胡侯，實繼前軌。其惠愛在民，於今尚新，尤所不能忘者。然非刻石，則不足示永，願乞一言。”予時以簡書嚴，未暇執筆。既至京西，又一年，乃次其事而繫之詩。侯名某，字某，某榜進士，方陟華要云。其詩曰：

大華之東，州以華名。蒲爲屬邑，言言其城。惟彼蒲城，號爲巨邑。地沃以饒，民直而質。是爲化基，古公之遺。去古既遠，其風日頹。誰其挽者，有蜀胡令。視今猶昔，布以仁政。其政伊何，始於序庠。載色載笑，禮教有常。不獨於士，民咸有教。式遵聖訓，上行下效。其訟無嚚，惟聽之平。其賦無逋，惟均之成。官無私斂，徭無偏役。浚流導利，循行阡陌。害無不蠲，利無不興。古之循吏，不爲名邀。于惟胡侯，魯休鄭僑。當日之澤，如槁得雨。去後之思，如子於母。猶屬千里，匪曰侯私。我爲之述，以示慈惠。千載不磨，有貞惟石。邑人尸祝，歌此侑食。

新作永春縣學尊經閣記

永春縣學宫，舊無尊經閣。作尊經閣，今令范侯也。侯由明經高第，興教分宜，用巡按監察御史薦，擢令永春。治尚經術，敦行教化，每臨學，輒言孔子删述六經，爲萬世立教，尊經，尊孔子之教也。乃邑儉，不作經閣，責在令。令今作之，審度惟先師廟後地宜，乃教諭陶先生宅在焉。先生曰："清廟於穆，不可以居室近，徙宅作尊經閣實宜。"公乃捐俸以倡，而諸生之父兄亦翕然應之。乃建閣，高三丈二尺，廣六丈有奇，奕然煥然。蓋經始於丁未冬十一月十一日，明年秋七月告成。侯與二博士暨鄉紳黄耇，燕而落之。諸生咸集是，謂斯千載勝事，不可無記，屬陋巷生廷榘載筆。

顧生耄矣，惡能文？惟昔伏氏没齒傳經，生經生也，嘗聞其義矣。夫在天有五德之星，在人有五常之性，其道寓諸六經，堯、舜、禹、湯、文、武之爲君，周公之爲相，孔子之爲師，皆在乎此。故學者宗之，宗之故尊之。乃言曰庸言，行曰庸行，若異言異行，則視如魑魅魍魎。故子思作《中庸》，述仲尼之言曰："素隱行怪，後世有述，吾弗爲之矣。遵道而行，半途而廢，吾弗能已矣。"夫弗已，尊經也；弗爲，亦尊經也。弗爲而爲，經始亂；弗已而已，經始荒。是之謂弗尊。弗尊生於弗畏。《魯論》則嚴弗畏之戒曰："君子畏天命，畏大人，畏聖人之言。"夫道原於天，六經皆言天道，其人大人，其言聖人言也。惟不畏故至狎大人，侮聖言。若今儒門而談佛老，藉經術而謀利禄者，謂之狎與侮，非乎？夫佛老别爲一途，無足怪；若儒談之，則舛矣。富貴以道德不去，以經術媒之可耻矣。嗟嗟，何可言哉！諸生則曰："今制取士，以文士習經爲辭章耳，辭章可廢乎？"曰："烏乎可？湛甘泉先生有合二業爲一之説，如以經術爲文辭，以道物身，而施於國家天下，亦遵制也。侯意不在是乎？"

是役，李叔玄學憲爲侯經畫拓地，既成，充書於閣。大學士李九我公自京發書助金，曰："予弟廷柱嘗執經校中也。"公以經學名於世，造士其盛心，即以生言告,亦必曰然。予在燕,既賦“皇皇”聖經詩六章,其卒章以頌侯。又因諸生之請,作是記勒石。侯名時化,字遇卿,號景麓,東粤儋人。

游完縣西山記

予初投散大寧閫幕也,在保州云。而郡治西九十里爲完,漢高帝所稱壯哉縣者是也。其山盤薄秀聳,爲太行之一支。予謫居無事,每出郭望,則躍然喜。乃去冬代完令視事,至則見鄉先生李君元頣、康君世耀、田君時芳,問其風土山川,而三先生則極道西山之勝。

予於公牘署押外,一無所事,一日單車出城,西行十餘里,一澗西來,伏流復出,其源蓋發自西山云。過此爲陳侯村。陳侯者,曲逆侯陳平也,而墓在村中,故以名村。予徘徊久之。嗟乎!有佐漢功而墓爲墟,爲之嘘唏。又行里許,至黄花寺,而康先生别業在焉。布席待予,李先生亦至,田先生不來,以酒肴至,乃共啜茗命酒。康先生云:昔未第時,嘗讀書寺中,與僧有方外緣。其重修碑,則其手制也。因起,共讀之。喜其能言理亂廢興之際,與風俗教化之由,而不專言釋氏也。罷酒,出,又越澗行數里,至流九水。流九水者,九曲流也。西爲老君堂,其東,石巉巖然,古柏一株,盤鬱石上如蓋,乃數百年植也。孫中丞公刻詩覆亭焉。沿流皆柿樹,春淺緑,猶未敷。李君乃命童子酌酒,立傳,作流觴勢,亦自可樂。又越阪里許,觀五雲泉。泉五竅沸出如龍吟,常氤氳作雲氣,故云五雲。泉坎盈溢出,勢急上行,轉而東注田,可溉萬畝。泉上爲龍神祠,前代游人刻石,憾酈道元《水經》所未載云。復行數百步,入村落中,谷邃處爲龍泉寺。山四壁立,泉出山中,旱則龍起而雨。其精舍有翠竹數竿,題曰:“水竹居。”僧曰:某者棄儒學佛,居焉。庭宇修净,予悦之。有二青衿士,蓋山居者,亦爲予携榼至,相與共酌。李先生指壁間,謂予曰:“素壁若將待公者。”予遂作七言句,書兩壁間。二先生亦次第和予,並書之,畢,各盡觴。佛燈燭地,西南望梵王太子宫,在諸天之外,已昏黑不可至矣。乃令呼村舍火前導,中途見月色從海中升,若迓予者,相將而歸。乃二先生暨二生,則就水竹居宿焉。

世德堂記

嘉靖丙寅春，族子煒構堂于祖祠之右，名之曰世德堂，請書其額。予曰："賢哉，煒也。不忘其祖矣。"垂三十餘年，其子道嘉，謂非述不傳，請予爲記。予曰："賢哉，嘉也，不忘其父矣。"予謂家之所稱世者，非謂必有土如五等之諸侯，必有德焉，爲土之基。不然，雖千乘之國，猶傳舍耳，于世安在？乃太史公作《史記》，列孔子於世家，如齊、魯、秦、晉之君。夫孔子何嘗有土哉，亦以諸侯之國，非仁義不存，而孔子固仁義之宗也，德誠重於土矣，是所謂孔子世家也。然遷傳貨殖，則言素封之家，足當小國之諸侯，甚歆豔之，豈不以資豐者，可以資仁義，仁義而無資，此原憲之所以懸鶉而窮守，而子貢之所以結駟而游于諸侯之門，君子傷之也。然素封之家，而非仁義，家之不守，與失國同，是仁義又國家之所視爲存亡，可不慎哉！可不慎哉！

吾家自長官公長歸德，能以仁義繫歸德之人心，至今血食焉。今傳二十餘世，而子孫之發身爲國家楨者，代亦不乏。至若隱處草萊，不爵而榮者，非所稱素封乎！予則見爾曾祖以澹泊勤儉肇其源，爾祖以忠信長厚衍其流，爾父以好禮樂義揚其芳。其潛德之不可見者，固非予言之所能盡述。其事迹之在於家，則有巋然之宗祠；在於鄉，則有裒然之義冢；在於邑，則城垣鞏然，學宫肅然。或首率其孝思，或獨營其仁壤，或效勤董其役而成其功，則皆勒之於碑，載之家邑乘，非爾曾祖、爾祖、爾父之遺迹乎？然予則謂舉事建功，非素封之家不能集，非素德之家不肯爲。集人所不能集，爲人所不肯爲，此德之所以日積，而福之所以日臻也。然君子惡有望福之心哉，福不期至而自在，此所謂天道也。今爾念爾曾祖、爾祖、爾父之世德，而益懋厥修，以溯長官公之遺烈。他日當以縫掖之士，爲世偉丈夫，是在嘉乎！若但云素封之家而語世焉，則予不謂世矣。嘉其勉乎哉！

重建惠明寺記

惠明寺去縣西南二里許，始創于唐大中中，再興于宋祥符中，初名臨水，以溪環繞名也。祥符中，更名惠明。紹興丁丑，有蜀苦行僧惟燦來復新之，邑令黄公瑀爲之記。迨元季，寺災，而寺田七百餘畝，以浮糧爲累，散入里中户。至我朝弘治間，僧清鑠，晉江人，自月臺祝髮，居毗藍，有才辯，縣檄護僧會司篆，以田歸寺，爲里中甲。乃募緣重建，居諸門徒，蓋正德丙寅歲也。至嘉靖庚申，島夷爲虐，寺仍毁。僧廣德者，清鑠四傳弟子，亦其本宗人，爲寺住持，乃于甲子之歲，作佛殿，越明年，作佛堂。佛像莊嚴，悉新塑，費半出於募，其工視清鑠時爲倍。

夫有司作學舍，祀先聖，庶士作家祠，奉先祖，尚困於經營而中輟者，甚至鞠爲蔬園而不顧。廣德，釋子也，乃能於兵燹之後，不憚辛勤，復新斯宇，其視誦先聖之書而守先人之禮者，又何如？廣德，予與爲方外交，涉梵典，頗知音韻，所爲偈，有可觀者。念浩劫重造，以復厥初，不可無記，就予而問。予曰：爾知法地有初知無初乎？爾知有劫知無劫乎？如有無初劫之因，是謂惠明。惠，順也；明，照也。惠順明照，將法地與身無壞，是亦釋氏之説也。廣德曰：請書之爲記，鐫諸石。

重修普濟院記

去縣治三十里而遥，有鄉曰蓬壺，其山曰蓬山。山之中嶺紆迴，林木蓊薈。其夷處，則宋元時釋子居之，曰普濟禪院，已幾劫矣。我明成化壬辰，有文峰師者，乃自靈源山杖錫來游，就荒基，募緣拓新之。祝聖有殿，棲禪有室，香積有橱，放生有池，望遠有亭，開逕引泉，種竹蒔花，最稱幽勝。歲遠，木蠹瓦墮，即茸復壞。是歲之春，僧澄惠復修之，視昔益完。院旁有田五畝餘，則文峰弟子曰欽冑者所墾辟，至澄惠復治之，以資齋供。初無官税，隆慶六年，既履畝登籍，糧分衆里，租仍皈僧。先嘉靖乙卯，予嘗借一榻，與諸同志講業，于澄惠有夙契。去而游四方者，踰三十年，兹謝歸田里，澄惠遠叩吾廬，以記相屬。予不得辭。

予聞文峰師修維摩行，不祝髮，道成，往尤溪建文山，涅槃以化，留弟子住蓬山，其所塑像，則去時影也。文峰善作畫，然喜寫西方諸佛及古木、垂藤、寒泉、峭石,以記其不生滅之意,蓋釋氏所謂游戲三昧。而澄惠者,則老而持法益嚴。夫澄惠,釋弟子也,猶然能衍其傳,矧吾徒乎! 因爲之記,以告昔之同游者。

安溪縣城南門子城記

安溪縣城,南薄溪,縣門直城南,門無重闢,城中氣不完聚,居民以爲病。太和廖侯治縣之明年,則召工伐石,造子城如拱半璧,西闢一門,以迎清溪之秀。工訖日,侯登臺四望曰:"壯哉! 龍津以爲池,鳳麓萃其氣,將萬斯年其永昌以固乎!"既又撫其民曰:"予秩滿,將遷去,此猶寄耳。顧予視爾城郭猶吾家垣也,吾情所繫,能無念乎!"徘徊久之。乃邑之人則仰頌厚德,惟恐一日遽以去,則欲因斯役紀事問記於予。予時適來爲侯客,樂觀厥成,乃載筆而稱詩,見侯志焉。

蓋昔仲山甫城齊,王命也,而賦《烝民》之詩,則曰"仲山甫永懷"。山甫奚懷? 懷君也,王臣在外故也。侯是役有深念焉,奚念? 念民也。爲民,司牧之情也。君與民一體,忠與愛一道也。歌《烝民》以頌侯,可也。侯名同春,江西鄉進士,其治寬猛並用,善良者蒙福,凶頑者有神明之稱讋伏云。

黄氏二難紀事

黄遺秀者,黄氏之孤也。其母李,爲予表侄女。母没將二期矣,泣漣漣纍然衰絰,謁予而言曰:遺秀父,蓋大父側室子也。大父没,而父在母腹者方五月,及期而生父。母時年二十四,憔然孀居,爲父孤也。父殁而秀在母腹者方二月,及期而生秀,母時年十六,憔然孀居,爲秀孤也。秀年十二而許母殁,二十一而母殁。許母之得從大父地下,無憾也。母之得從父地下,無憾也。秀之不及終養二母也,秀其能無憾乎! 秀以許母之守與母之守,皆人情所難。何也? 許母爲大父側室,大父没而母少,父没則改適矣,其誰恤之? 乃許母不嫁,辛苦萬狀,於是有父之身。假令委而棄之,父爲溝中瘠矣,是許母之難也。母以二八之年歸父,假令烈然不顧腹中兒,從父以没,無秀矣。或不念百六十日之情而爲他家婦,亦無秀矣。乃母不嫁,辛苦萬狀,亦是有秀之身,是母之難也。念二母之難,蓋不獨《蓼莪》、《白華》之爲感矣。

予聞之惻然以傷,慨然以歎曰:誠哉,二母之難也,其在剥復之時乎!夫李梅之實,熟而墜地,以爲遂絶矣。乃其核中生意復萌,則既剥而復之理也。人亦如是。然人情當剥而不摧折者鮮,既復而能堅其持忍者又鮮。今二母處剥而辛苦萬狀,在他人見之,猶潸然以涕,而况秀所遺之身哉!抑孝子之孝,非思之徒惟志之樹,而身之愛,樹其志以有爲也,愛其身以有待也。今秀進不能爲國名賢,樹其志以有爲也,愛其身以有待也。今秀進不能爲國名賢,退亦當爲鄉善士,俾鄉閭之評曰:黄氏子爲父遺體,而能不墜其先,揚顯二母之賢也。如是,是之謂孝子,是之謂慈孫,是之謂名稱其情。於是,遺秀請書以自勖。

謝氏節孝紀事

予聞郡中著姓謝氏,有母之節與孫之孝,皆世所難者,爲之擊節云。蓋謝氏先世,有爲潮郡守曰光者,治郡稱良二千石。三傳而至暲者,少秀穎,補郡博士弟子,先娶,生二子繼宗、朝宗,而妻亡。繼娶蔡,生一女。而暲亡。蓋蔡嫁時,年十七,及夫亡時二十三,少也。蔡曰:"婦人義無再醮,殉夫地下,吾事畢矣。顧夫有前妻子,足以承祧,又皆幼稚,吾死,孤子無母矣。"矢志靡他,不憚艱危,撫之如所生,而繼宗能讀父書,成一經業,亦補邑弟子。既娶,有孫九思矣,蔡方有喜容曰:"吾夫有子,能嗣業,且有孫,可以瞑目矣。"無何,繼宗婦亡。越年,繼宗亡。蓋九思四歲喪母,五歲喪父,蔡哀苦甚於夫喪時。曰:"孫未離繦褓,煢煢誰依,其依未亡人乎!且謝氏,宗祧所屬也。"不憚艱危,撫之如所生之子孫。九思亦能讀父書,補郡弟子。既娶,有曾孫吉卿、臺卿矣。蔡又有喜容曰:"吾夫有孫,能嗣業,且有曾孫,吾夫與子皆可瞑目矣。"乃九思則曰:"生我父者祖父母,育我父者蔡也。使無蔡,吾父何以有我,我何以有今日。是蔡即吾母,何言祖母,又何言繼也。"竭力以養,惟志是求,晨昏定省,如母育孫時。病則迎醫,病亟則必禱,乞以身代,而幸瘳也。有姑當家,即蔡所生者。九思幼時,叔已析箸,則告祖母,以所分産治奩資,一不問其叔父,蔡甚異而從之。蔡後竟以壽終,蓋卒年六十有七,而孀居者幾五十年,貞潔之操如一日。卒之時,九思哭踴,如不欲生,捧其所持器,則泣下。忌日,猶作小兒啼,涕從心出,聞者爲傷。及奉蔡與祖父母、父母合葬,會當改築,以身先諸役,雖暴雨淋不去。又念祖父與父音容不可見,而思其平生所行與言,既得蔡所述,又詢諸宗鄰姻戚及諸嘗交游者,於故篋單紙隻字,無不畢録,以此仿佛其志意,其用心之勤如此。

九思治博士業,有聲鄉校,然屢困場屋,而其二子皆成進士。吉卿高等,而仁不偶,官止縣令,益讀書立言,爲不朽之業。而臺卿由大理寺正出守韶州,今爲按察副使,遷苑馬卿,封父如其官。今年八十有七,而猶康强未艾。吉卿嘗與予言,父當姑將嫁時,病痘甚,蔡則日夜但視父,顧其姒李氏曰:"吾所不死,爲謝氏宗祧耳。今九思且病,吾不暇顧女矣。凡女針紉奩飾,汝其代予視。"由此觀之,則封君之于蔡,病乞身代死,亦有感而然。然封君儒者,即無所感,其孝亦本自誠。若蔡婦黨也,豈嘗學問,要亦性與道合耳。顧世之爲人婦者,或有子而猶割愛他適,爲人孫者惟恤其妻孥,至於垂白在堂,邈然視如途中之嫠,則謝氏之母之節與若孫之孝,不可以不紀。

贊

朱文公先生畫像贊

先生之生,實爲斯道。道則悠悠,天則浩浩。既異其授,亦殊其形。斗降文昌,而痣七星。形既爾殊,出自不虚。近接濂洛,遠追泗洙。泰山何高,繭絲何細。以是擬公,未見其際。公於斯道,何所不宜。無細不大,無高不界。于古有云,作聖述明。以傳翼經,斯亦可稱。公於出處,而初何意。進思盡言,退以明志。述作之事,已在當年。公身莫容,公書則傳。惟此同魚,公初發軔。講學敷政,風易澤浸。輪山之巔,有公遺迹。貌公德容,刻之於石。登堂式瞻,如侍公側。讀公之書,孰不懷德。

蕭明仲小像贊並序

明仲以名進士歷官至郡守、都轉運使,衣緋紆金,貴矣。乃作肖像,用隱者冠服,則思其初而已。夫士之初,布衣韋帶耳。及仕,乃享厚禄,冠裳有等,如人在醉夢中,錯然莫覺,於是有負天子,使置其咨之民而弗恤者,則誠何心哉!顧君子恒思其初也,然而未必遂,乃寄情於圖像,自古賢哲類然,不獨先生也。先生没之明年,其子以圖請予爲贊。予蓋與仲四十年交也,實知明仲矣。贊曰:

明仲豐頰修髯,神藏視近,在闇獨明。讀書了了,而胸臆度世。當未第時,家四壁立,蕭然無戚戚容。及其既第,自視無異諸生。予於兩粤、兩准疏見其政,于《天倪子集》見其文,其與時進退,或龍或蛇,命也。明仲嘗持鏡自照曰:"貴人如是乎?只宜荷蓑與笠耳。"予從傍代鏡中人答曰:"冠裳是人,蓑笠是人。因子之貌,睹子之心。"明仲笑而不答。嗚呼!今不復見明仲矣,見圖中人猶鏡中人。

大中丞四還朱公畫像贊並序

公滇南昆明人,由進士歷官爲閩大方伯。己亥冬至,庚子秋七月以病疏乞歸。未幾,起家爲都察院僉都御史,提督八閩軍務。癸卯秋七月,卒於官。去既繫思,没尤增悼,家畫公像,如奉祖考。某老巖穴,以道偶符,爲公所知,睹公畫像,爲之欷歔,焚香拜贊曰:

惟公嶽嶽如山,温温如春。列星禪(殫)精,昆池浴神。妙齡登第,歷階以升。謙受彌光,不虚取名。來旬來宣,作我藩伯。允文允武,開府列戟。爲民用恩,爲軍司命。士飽而擬公,山甫召伯。不吐不茹,流風布澤。碑堪墮淚,辭無愧色。

孟静齋先生像贊並序

公諱玘,字廷振,號静齋。先生以業《書》領正統戊午鄉貢,登己未施槃榜進士,授户部主事。土木之變,扈駕北征,陷虜中。虜刃之,不屈,死而復甦,竟得歸朝。改禮部主事。英廟居南内，太子幼，都指揮黄玹迎景皇帝意，倡傳子之議，廷臣莫敢異同，公獨上疏，極言兄弟同氣不可絶，太子天下本不可易，又請月朔聽群臣朝太上皇。忤旨，出知萊州，徙廬州。自持清白，愛民如子。以親老，乞歸養，疏上即行，在道乃有四川督學副使之命，不拜竟歸。而廬人爲立去思、感應二碑。家居環堵之室，雖甚暑亦步行，不張蓋，以儉約示子孫。睦族恤鄰，厚姻惠下，坳祀鄉賢。有《山房類稿》藏於家。外史陋巷生爲之贊，贊曰：

挺挺孟公，惟國之禎。扈從北征，萬死一生。白刃不屈，歸自虜廷。事景皇帝，而秉直節。諫易太子，奸諛屏迹。請朝南内，忤旨得譴。出守東萊，旋徙畿甸。廬人誦公，冰潔練素。至誠禱神，龜田雨澍。將養繫思，禄爵爲輕。雖膺美秩，亦不爲榮。歸卧林壑，不車而步。敦倫施仁，益履其故。一觴一咏，優游樂只。遺草盈策，寫懷闡理。予慚末學，獲睹公像。考於郡志，爲公讚頌。

題太平里二先生小像贊並序

圖中端坐南向者，李長公思、曾甫一昆先生也。少次而並肩者，次公思拱甫少昆先生也。長公手執圖卷，怡然自適，若有娟於其弟。次公温然以恭，若聽命于其兄。《書》云："惟孝友於兄弟，施於有政。"二先生之謂乎？乃齒相長在十年以上，一時皆以子貴，並膺誥封尚書郎，君人以希覯榮之。而二先生不自其貴，而常服道人衣，飄然若神仙焉。予辱世講，年又長於二先生，二先生皆以兄呼予。閲是圖，敬爲之贊曰：

太平里中，有二君子。伯氏力學，聲蜚黌序。侃侃而言，惇惇而履。名薦帝庭，爲天下士。仲氏早歲，亦守儒業。乃承先志，家政是涉。以佐伯氏，如舟有楫。先人伊何，惟慵素翁。厚德山積，遺澤川通。今兹兄弟，克紹父風。如塤既吹，如篪合奏。聲無彼此，序有先後。和氣攸鍾，爲鳳爲麟。出爲世瑞，爲國之良。通家在予，亦云既老。情猶同氣，豈忘世好。敬贊一言，以爲頌禱。

岷左史冷庵羅先生畫像贊

公實閩産，翩然鳳舉。業以麒經，爲鄉進士。曲教萬州，晉陟左史。時際哲王,義合情與。公子作賓,公復外徙。遺派都梁,如桑與梓。履仁蹈義,承公繩矩。或還於閩,或安斯里。盱江之濱,群育弟子。還者既昌,留者亦爾。予來相岷,後百年祀。民拜公像,儼然容止。盥手載書,公不我鄙。其道則同,其言如此。

郡伯汪公畫像贊

泉郡伯皖城汪公,治郡之三年,德澤周洽,七邑騰歡。其條教見於書政,其頌聲聞於里巷。兹復貌公容服,以志深愛,而以黻麟之祥爲祝,非私昵也。贊曰:

公貌肅清,而其操則如千年松柏,獨歲寒而青青。吉人辭寡,而爲條教則仁義藹如,足爲郡邑章程。君子如社,而其感被則穆穆惠風,草木之俱榮,志菁莪則青衿荷樂育之仁,樹干旌則賢士懷忠告之益。集斯衆美,萃於一身。是宜錫福自天,紱麟則爲家祥,象賢則稱國瑞。

鬼谷先生贊

先天一畫,後天重畫。一畫之前,是謂太極。畫而演之,吉凶消息。鬼谷先生,沉機洞識。龜真有靈,惟誠斯格。用以告人,大哉維《易》。

跋

跋趙松雪升元觀記卷

凡作字,遒勁則難流動,古淡則乏神雋。觀趙文敏所書《升元觀記》,可謂兼之矣。評者或謂全學《蘭亭》,或謂出於永興、河南,或謂其在蘭亭、李陽冰之間,皆從其似者言也。作字大段如作文,韓退之有似典謨命誥者,有似孟子、司馬子長者。蓋退之於漢秦以上,無所不學,而自有獨得之妙,乃謂其某字某句求合於古人,則非韓子之文矣。觀是卷者,宜以是評之。

跋程孟孺所書杜工部秋興詩

蒼頡鳥迹後，乃有大、小篆；大、小篆後，乃有八分。八分書之變矣，若漢蔡中郎石經是也，然猶爲近古。至唐則稱韓、蔡，而老杜《李潮八分小篆歌》謂"尚書韓擇木，騎曹蔡有鄰。開元以來數八分，潮也奄有二子成三人"，則李潮亦其流亞矣。今觀程孟孺所書杜工部《秋興八首》，筆力古勁清越，若有神運，非至精熟者不能，使杜公而在，其所欣賞稱讚，又不下李潮。百代後得程生八分書，亦一字百金矣。萬曆己丑仲春下澣，在北部郎中黄紹夫處觀。

刻石坡先生詩跋

廷榘謫居帥幕，連帥既不用文，而獨見賞於觀察王公。一日，以西(石)坡詩手操曰："此吾太康令馮公歸田詩也。公中山人，登己未進士。初除長洲令，尋改太康，偃蹇不得志，今歸者十餘年矣。而予爲諸生時，實爲公物色，稱知己。公初不爲詩，既謝事，乃寄情於此，蓋欲資以自老。子其爲選次之，將梓焉。"廷榘受而讀，則見古詩雖不多，而《歸來辭》有陶靖節之風，《荒年歌》則王建《田家行》之遺響。近體學老杜，而五言尤近，絶句亦有唐聲，並善自遣，而無憤怨意。蓋昔高達夫年五十始學詩，遂以詩名盛唐間。公年彌尊，而詩彌工，則詩名當與達夫並盛矣。然達夫宦達，而公則窮。歐陽永叔謂詩非能窮人，能窮而後工。公之詩其亦窮而後工，工而後名耶！若廷榘之窮過於公，而詩復不工，是可愧也。予既爲公選次，而或者謂是集權公詩之半以爲恨。予應之曰：驪龍之珠，得一正亦足爲希世之珍，詩亦然。達夫詩今傳者僅僅數百首而已，要在於傳也。

跋唐成德軍節度使李寶臣碑後

此碑蓋唐恒州支度判官王佑，爲其帥李寶臣之所撰者，而書石則爲司議郎王士則之筆。歲久剥落，文無論已，予獨愛其書點畫有法，蓋顔存其骨，此兼以肉，顔體嚴，此則態逸。然此碑不少極稱，何哉？蓋寶臣安史舊將，跋扈猶存，功不掩罪,朝廷既不能制其死命,而其參佐乃爲張皇而紀頌之,即不什(仆)且磨,亦已幸矣。假令此碑爲郭、李而立,則史氏必備録其文,而書法當與顔魯公《中興碑》並耀於世也矣。嗟乎!文固不可爲佞,而書之所託,亦有幸不幸哉!

書綏寧王刻吴孝甫游武岡倡和詩後

新安吴孝甫隱黄山,以詩、字、畫爲游戲三昧。鳳洲王公雅愛之,觀其所贈《黄山歌》,可見公一代文人,非同好不爾。孝甫又好游覽,云曾三登太山,眺日觀矣。兹因訪觀察龍公於湖北,乃聞綏寧殿下之賢,自辰、沅過武、攸,叙神交意,遂登雲山,尋盧、侯二生修真處,遍及法相七洞,保巖、靈湫之奇。蓋雲山爲衡嶽屬,游雲山則陟衡之漸也,而諸嶽亦將次第至矣。予吏隱斯藩,亦以同調相倡和。綏寧乃取倡和詩若干首,刻之以傳好事。噫,綏寧其翩翩佳王孫乎!

跋重刻奇效良方

《奇效良方》凡六十九卷,成化間,太醫院判方賢,因前院使董宿所集而增之者也。分門著論,而系之方,最爲詳悉。舊刻之院中,歲久,漫漶幾不可讀。乃大司寇夷陵王公,以語監察御史豐城李公曰:公代天子巡狩,以飭法布和,此壽民書也,宜重刻以永其傳。公曰:諾。因授觀察洛陽徐公,移文保定府刻焉。而校閲之役,則屬之廷榘。顧其方浩積,舊刻多訛,其爲論多不次,則作者務詳而不計其重復故也。今略删訂入梓,凡五閲月而成。惟時郡守錢塘張公以告成事,而監察公以廷榘曾費目力於此,命跋一語。廷榘不敢辭,乃拜手題曰:

在《周禮・秋官》孟冬祀司民,獻民數。歲終,令郡士計獄弊訟。夫計獄欲其減,獻民數欲其增,然非醫藥以壽民,則民之夭死與陷刑憲者等耳,孰增而孰減之?今二公皆欽欽明恤,而又有意於是書,其有裨於今日仁壽之化甚大,而散吏亦何幸,因二公而寓仁人之心於筆劄間耶!

讀外曾祖朴庵公旌義傳

朴庵公諱某,安溪感化里人,廷榘外曾祖也。平生行誼功伐,聞之先府君之言,與此傳無異。某謂公子輕財好施,賙人之急,所在爲公私興建,此固爲處士之美行。至其出穀二千石,助有司之賑,擒劇賊百余徒,安都邑之民,此非心懷國恤,素具謀略者不能。使其當太祖高皇帝開國之際,雲蒸龍變,則必爲干城之將,腹心之臣,與湯、沐齊勳,而李氏世世侯矣。顧遇非其時,而僅賜帛旌義,拜官一級,而公亦蹈舞聖恩,初無望爵之想,其心固謂爲民之義,宜如此也。去今百四十餘年,而其派下孫克倉祠部,又能以是傳傳佈宇内,而一時名公見之,咸爲題辭論著之。而小子亦竊效蔡中郎、李漢之義,題於傳後,觀者毋亦云:公有聞孫如祠部,有無聞外孫如廷槼者乎!

颜桃陵文集卷四

書

與劉長洲書

曩自燕南還於郡城，與足下一會，忽忽又將十年。歲月如駛，少者壯，壯者老，桑榆景薄矣。乃足下以强年成進士，殊未晚也。試宰寧都，奕奕有聲。長洲之調，在事者正以煩劇別利器，乃聞爲道愛身，辭榮就寂，於足下私計得矣，恐在事者未必遽從，則足下亦當勉爲明天子撫此一方水旱疲瘵也。

某辱親末，每念早歲與尊公午霞翁相執手，即異姓而骨肉者。乃足下致身青雲，而尊公溘然謝世，良爲恨之。然足下承歡慈闈，樹立芳節，以光揚朋山公百世盛業，非通家老叟之所厚望於足下者乎！某今年七十有一，猶未及杖。去歲因附李叔玄將爲五嶽游，而故人王竹溪公開府關中，亦有書約爲華山主人，行且有期，而此老以病乞歸，西游是以不果。復與叔玄南還，借榻虎丘，且爲經旬計。然而未即走拜者，不敢以游客擾也。適吴鳳山過訪寺中，因作此書，用叙契闊，且及方外意。待退暑凉生，乃至閶門，再投一刺，而後過浙，登天目，探禹穴，興盡乃歸耳。足下亦許之乎！隨筆草草，不覺辭長，可一笑。

與張望湖觀察書

某往歲漫游，得三拜翁，奉明教，猶不忘在易水爲散吏趨侍之情也。嗣是不能馳一簡候起居，然嘗見高青崖使君，則未嘗不問翁，而知翁猶履和平，享清福爲喜。顧今是年某八十有九，計翁年亦已踰稀。昔人見所植之木，攀條興觀，以歲月踰邁之易也。惟翁得於天者厚，宜其期頤如《鳲鳩》之詩，爲萬年之祝，此亦無上藥。惟是無思無爲,以膺自然遐算耳。某之所宅其心者如是,不知翁謂然乎?又問梅花嶼上四景尚無恙否?此翁行樂地也,予夢寐尚及之。當時有下里之聲,爲四景之辱,則甚愧之,亦可存乎!

與李叔玄學憲書

聞侍養大封君之暇,静坐對高僧,無一言,而道心與池水相照,此際豈可與塵埃中語耶?齋筵不可葷供,只薄脆餅麻腐以獻。十九日擬坐山樓,可爲維摩居士設一榻乎?

答吴念初參知書

往歲之三山謁我公,則以張父母爲介紹,桑梓舊吏之情也。坐間談及易水時事,又記邂逅於二十五年前,益動今昔之感,而歎萍蹤會合之不偶也。晉秩不及問候,然而不出藩省,得廣布陽春之澤,則仰頌於草莽間,實予之職矣。《山堂小草》之梓出張父母,乃公嘉惠而獎與之,即泉中縉紳稱爲盛事。顧方剞劂,而張即世。草凡十删,今僅梓其一二,復遲之時日,迨兹方可呈覽,然又未全之草也。予亦知此刻爲加菑於木,但以平生所業在此,雖不可以行世,亦欲傳示子孫,其序不出大手則不足爲重,故虚其首簡以俟,不知我公肯惠一言乎?昔梅聖俞之集序者歐陽永叔,則朋友之同聲者也;㒰繹先生之集序者蘇子瞻,則先後輩而仰慕者也。今某之詩與聖俞不同聲而同志,與吾家㒰繹先生之文不同世而同心,而公既付之剞劂,又何愛一序乎?故敢申言以請。

宇内八景,系以下里之聲詩,裝績成帙,用以代幣,倘於公暇取一覽觀,則我公胸中江山、湖海、日月、烟雲與相包含、相變幻不可窮,又何文章不可與古人相輝映乎?

謝大中丞朱四還公書

廷槼去冬杖履出山,至晉陵熏沐,而後候謁制府下,遂蒙延接,禮以上賓,此自是古人盛節,何意於今見之也。蕭寺經月之留,忘其旅食者損餉多矣。還山未幾,多儀復及,而温陵高品之題,揭之華扁,鴻名大書,光映蓬蓽矣。夫温陵名登甲第,官列九卿,不可指屈,而獨於陋巷生稱高品,不在甲第列卿。昔范曄所表古今人物,分爲九等,雖未必銖兩不差,然所品之高者,必義薄雲天,名齊斗嶽,如廷榘何人而堪當此。惟是將耄之年,誦讀未休,見行誼如古人,心誠慕之。又性愛山水,所至必游覽,但恨五嶽未登耳,他無所念也。相公無亦以所嗜之同,而又憐其老乎!所上《杜律意箋》,謬承許可,謂於子美有所發明,蒙行有司刊刻,又加標題,爲是箋重誤者正之,而縣陳尹,奉行甚謹。至大筆所題者,猶不敢與名公同書姓氏。廷榘則謂子思作《中庸》,猶名其祖之字曰仲尼,若相公所題不書氏,是廷榘竊美也。著相公位與氏號,則是箋非曰廷榘箋,即朱相公箋矣,其傳不益永乎!刻成,禮當報謝,然已面請制序,曰俟刻成爲之。倘於部院清暇,賜之一言,則不惟小子獨蒙,即子美亦云千載同調也。

與黄九石内翰書

某辱在葭莩之末,又以文字意氣相與可,非淺乎相好者,乃長公登第,入館讀秘閣書,官太史,不能具方尺簡爲賀者,自分山林,又在望耋之年,宜乎書問鮮至太史門下也。然記往年與仲氏偕往會試時,某有《雙璧篇》爲贈,乃長公成進士,如執左券,雖雙璧遺一,又將有望他日。乃長公則如珪璋薦清廟矣。成祖時,吉士應二十八宿,而其中相繼爲相,爲時名公,今長公其趾美前哲乎!乃某則竊歎焉,宋館職不限已仕、未仕,微而丞,薄賤而山林之夫,皆得與選。使國朝亦有是制,今豈無其人。而某則老矣,便中附此上候,而略及彼此之情無所諱,惟長公諒焉。

上陳幼溪大中丞書

某願見中丞相公,非今日也。自爲吏江州,迨今三十餘年,未獲一睹顏色。乃今至會城,聞有别業在南臺,便欲摳衣門下,乃聞駕彩舟還里第,則臨風悵焉。

而寸心所積，則托之尺一，猶若面晤。蓋某舊有烟霞疾，不堪爲吏，如入樊籠中，日惟謹三尺，不敢少有違越。至如世人嬝婀取容，則謝不能。以是竟投散地，賴當路諸公，皆博大能容，目爲吏隱，既不甚煩簿書，惟授簡爲詞人事，因之得遂麋鹿之性。以無他過，復遷岷王左史，雖王傅猶吏隱也。今則還山久矣，不知相公開府留都時，何用知不肖，而有潯陽良佐，黄甲遺才之獎。其時善宦者，皆謂某當早謁謝，某則曰：昔祁奚不見叔向，君子賢之。開府公能爲叔向，某獨不能爲祁奚耶？然私心則未嘗不在左右也。後歸田里，從汗漫游，至武夷六曲中，則先生之書院在焉。其巖端題曰"雲窩"，其房則有禪龕丹竈。嘗語同游者曰：向在仕時不謁謝，今在窩中問大還丹，不亦可乎？顧主人不在窩中，時有吴道人守之，相與盤桓，則留詩以别，今又十年所矣。友人王賓南，日從相公游，則謂相公嘗問足下無恙否，則某愧焉。兹來未能即詣門下，既裁此書，復作近體詩一首，及録游名勝諸詩一卷，投致几下。倘賜覽裁，則某雖老在林壑，猶以得聞教爲幸也。

答廖淳初郡丞書

生平論交，以道誼意氣相許可者，四海之内，能有幾哉？若公傾蓋一語，遂如故人，豈亦以澧蘭沅芷，臭味同乎？清溪遺愛，去後見思，乃萋菲南箕，自古有之矣。今退處文江之上，講明心性，開示來學，何所不樂？弄鳳雛於庭序，咏羲皇於北窗，比之五斗折腰，相去霄壤矣。

郭文學訪故人，至吾桃源，解囊取所携公惠書見示，真如從雲間下，其憫老念素之情，猶若在清溪時，而蹤迹則遠矣。因對郭君發一歎：某今年八十有七，得一日康，則是一日樂，如此以待盡餘年。有子四人，皆晚出。二長者皆在校中，二幼者粗習章句，學業不令廢，此外非所問。郭生旋，敬此奉答，不知何日再得嗣音，爲之耿耿。

寄李鳳岳書

青春方暮，計叔玄持憲節至浙，且踰半載。一探禹穴，真見神禹於數千載上,此行不爲奇游乎！巖居時固無心於出,出則以無爲爲有爲,何有於水,又何有於屯戎乎？爾珍歸,又知方帶理金衢,必臘盡乃得還省卒歲,使臣之義,固當如是也。尊君履泰甚康,但以季氏二胤連殤於痘爲苦。然育子自有時,季氏春秋富,亦宜俟之。聞已携眷入郡就養,封君時歸故里,視田園自可耳。日同王獻甫送縣公至仁里,便尋茅翁,登甘露閣,又增一勝。想主人在千里外,亦夢寐茅翁也。又聞當齎俸入賀萬壽,此行便是遷轉之時,必過家省親,此日又得共談笑於甘露閣中爲歡。伯羽入楚,爲乃翁葬事,見斗野於襄陽;又爲謀刻其先人遺草,見叔玄於浙。計此二事,皆二公所能,應不待吾贅。而老夫所託《杜律意箋》序,而猶未也,豈以爲不必箋乎？然業已成,必得大方一言爲備耳。不盡。

寄李斗野參知書

某往與孔昭再會閣下於都門,在戊子之冬、己丑之春也,去今十又六年,乃相公高卧羅浮,而孔昭久不在人間矣。此同聲者所感而思也。今廟堂之上,夢寐傅巖,起相公爲楚藩參知,旬宣襄、鄖等郡,即杜征南華開府之偉績,可復表於江漢矣。此某爲故人者,所爲望也。某今年八十有六,不意猶游於世,雖覺衰憊,然誦讀之意未忘,而游覽之興未衰,但苦山居無同時與同志之侶,即少年有意思者,亦呼與偕來,命之曰安懷,會他無所營也。適孔昭之次子伯羽見訪山齋,云欲往襄陽謁相公,因得附此談闊契。孔昭没後,其子貧甚,尚賴相公一助之。其先人遺草,則欲藉李鳳嶽刻矣。計此兩事,皆二公能辦者。

與起潛陳明府書

我侯四載桃源,潔白之操,可對神明,子惠之政,及于百姓。乃今奪我父母,移之他邑,何他邑之幸也！古人餞必稱詩,李太白作《廬山謡》寄盧侍御,歐陽文忠作《廬山歌》送劉待制,皆託興於名嶽。乃樂山,永之望也,仙人居焉,我侯中無所欲,亦仙吏也。嘗相與觀日出於萬丈峰頭,此時興致何如？此某所用託興于《樂山高》以爲贈也。軸小,不爲行李之累,置之車側,亦若陋巷耄夫之侍左右也,寧忍棄之乎?

上王鳳洲大司馬書

某閩中漫士也,資性不敏,而有志於古人之道與古人之文詞,荏苒歲月,兹七十有一年矣,然每見孝於親,忠於君,修詞純雅,足垂不朽者,則企而慕之如不及。吴中有鳳洲王先生者,於世廟爲忠臣,於大中丞公爲孝子。其爲文詞,軼秦漢,追風騷,爲百代工宗,而又有兼容之度,凡千里而來者,無不虛往而實歸。某困於諸生,沉於下寮,不能不至先生之門。及還初服,則山林人矣。而先生又位卿執,在陪京,山林朝宁益懸絶。平生志在五嶽,老未能酬,去秋棲遲吴門,從虎丘僧借一榻,擬買舟直抵縹緲峰下,以無介紹,猶未敢徑進。然記在江州時,曾見先生於小孤山舟次,蓋先生起家入楚掌憲時也。談間以游震澤稿見示,已有傾蓋之誼,不知先生猶記之乎?而某則無時忘也。故敢爲近體詩兩首先之,嗟嗟,垂白兩耳,猶稱詩於郢匠之門,真可嗤笑。惟先生以方外士目之,則何不可也。無任惶悚。

與詹侍郎咫亭書

弟作汗漫游,惟問宇内名山,不問郵筒朝報,間從李叔玄闞頭,見兄丈在樞府時,謝病疏三四上,主上亦三四留。少司寇之命且下,此時雖欲謝去,於義有所不可矣。弟惟皋陶邁種,實在明弼。况今主上有好生之德,即此一念,便可爲堯舜,兄其寧無意於此乎?是懷仁義者之所急也。水榭雲巖,與吾二三白髮,觴韻優游,固自有日,未宜遽興念此,人言徒呶呶耳,安知君子出處哉!

弟自去夏同叔玄入吴,便客虎丘,蔡觀察念所有書來邀,秋杪因有武陵之游,遂登東西二天目。許邁所稱自山陰至臨安,多金堂石室,爲仙人所居,殆信然矣。還吴,又渡江之廣陵,從蕭明仲署中卒歲,頗忘在客。而叔玄又令人促還,適孔昭自汝南來、復留月餘。他鄉聚首,洵爲可樂,今與携手南歸矣。然到家便當還婚嫁債,此向平所爲苦也。惟餘年得一日康,即一日樂,何有何無,總非所問。臨發吴閶,附此見意。

與程郡守書

日隨諸公,叨陪老公祖清燕,得聆高論。是時我公祖將歸侍老夫人,欲於烟霞林莽中,問石髓靈芝,以爲千年上壽之養,言言皆道也。而野夫如某者,得厠其間,真如游空峒而會廣成子,令人飄飄乎欲仙也。忽爲猿鳥相呼,遽爾言歸,亦以俗情未割之故。而北山之北,南山之南,皆不及從,何恨如之。覘知行期尚在小春間,敢先以向所呈歸養詩裝表爲軸以獻,而賜彩堂詩亦勉成一律,見子民於我公祖有不能忘者。行時,自當策杖走送。

謝汪觀察雲陽書

憲節過泉時,偶沾微疾,坐是不能出山,一奉顔色,又不能裁方尺之書,馳問起居。然每至北山,入謁我公祖遺愛祠下,徘徊不能去。兹聞觀察報政之書至闕下,而總憲之命,直在早晚間矣。顧某之年日益老,而我公祖之名位日益崇,猶念林中人如老朽者,而遠貽書問至厚,且談及翰墨風雅事,灑灑然也。則號相知者,不在接見之頻,而地之遠近,身之隱顯,俱可勿論。山居無事,輒檢舊草,洗研濃墨而筆書之,凡一十六幅,並短狀附縣中遞上,用塵清覽,未盡欲言。

答曹侍御雙華公書

昔優孟學孫叔敖,非叔敖也,乃楚王以爲真,至欲相之,則信之過也,宜優孟之慚謝也。某以不文,從門下,授簡而辱厚幣,其事正類,故敢力辭。乃名公復懇懇再用投賜,則不可卻耳,然自此於門下爲知己矣。玉體想即履和,更宜珍攝。伺間,當約楚畹,執管請教。

與督學沈公書

某温陵山谷老農也,昔爲吏,佐郡九江,正玉翁相公守建昌時也。庚子秋,相公持衡入文場，直指公則以某代庖視盱事。相公掃館推食，不啻弟兄。當時諸公子尚幼，不知曾記憶否？去今三十年，犬馬之齒八十有二矣。乃相公起山東，繫天下蒼生之望，而督學入閩，則爲相公子，而學者又以北斗、泰山屬焉。去秋，校士泉郡，而某則竄伏林壑，不敢謁見，分固宜爾也。乃今聞大宗師不開講學門户，而爲風雅登壇，某則不遠百里而至，蓋昔李長吉有詩名，其年最少，但喜爲雕鏤怪誕之詞，無忠厚和平之氣，而韓退之猶欣然枉駕，蓋《高軒過》之詩，長吉爲退之作也。今某既年云耄，而詩又不敢乖忠厚長者之旨，使當日有士，而忠厚和平其詞，退之必將與禮讓登堂，又不但過之矣。今使君爲退之，而某又非長吉，則登堂而語可也。故既叙其與相公一日之雅，而又及願見之悰。詩一首見意，幸賜教之。

與滕學博士書

敝邑遭嚴霜後而被陽春，孰不云滕孝廉父母乎！乃今袁明府動循遺規，即有不同，亦因時而裁，皆餘澤所及也。別日訂會清水巖頭，以連旬雨注，遂孤此興，又不意有安平海上之游，歸復秋高矣。晚作汗漫游，實非老人所宜，然性不能匏繫，樂與同聲人笑談，藉此以怡暮年耳。聞知按君博采輿論，薦公名闕下，則六館之擢，可以指屈。然鄙人猶願如翁殿元發祥學宫，乃爲快耳。兹於黄花之候，裁此尺一，端人走候，拙稿二册，倘賜評教之乎？

與錢德化書

某伏處鄰陬，仰沐餘波，蓋一年所矣。未能走謁門下，則山林中人懶慢之罪也。明府南粤傑人，主爵者寄以百里，非大賢路矣。迺德又巖邑，益非其地。然神龍所寓無大小，躍淵翔天，自不可測。聞粤有羅浮，神山也，飛雲頂三更見日，某嘗夢寐其中焉，若明府非所鍾秀乎！得瞻顔色，如登羅浮矣。袁博士先生，明府鄉人也，能道明府之素，因通一書，道其所以仰慕之意，而忘其爲疏狂焉。

賀高青崖參政書

恭聞晉陟參知,不離舊省,八閩吏民,無不欣賀,况某辱愛育下乎! 計履任當在春中,乃仰候至今,得非家慶駢集,歌燕喜而咏南山,即簡書有期,猶不免濡滯耶? 今郵報將以某日入閩,則所過郡邑,父老無不加手於額,焚香於市矣。某耄矣,未能遠涉,敢寓方尺之書,將以不腆之儀走賀。

復汪觀察雲陽公書

日者捧讀尊教,宛如面領,而多儀之貺,拜受增慚,已有尺一附謝,而不盡之情,猶見今書。蓋公府與山林異境,自古云然。而文章道義以同調相知者,自古有之,而亦甚難。當我公祖之守吾郡也,未知有某也,是以庭無山林人之迹。既而,知有某矣,而公府非常接見之地,而仰頌明德以篇什進者,歲不過一二耳。而及持憲臬司,則地望尤尊,即欲上攀,亦無從矣。今年某犬馬之齒八十矣,耳目手足尚無恙,而公祖遷轉不出閩省,倘或招,無有不應者。詩一首,見所懷意,而安平二歌,附上請正,亦見某雖老而好游尚如此。

與貢洪山運長書

古稱良二千石,不以皦皦之聲,而以悶悶之政。如我公去吾郡將十年,而民之思公猶初去時,《甘棠》之咏豈獨見於《召南》耶? 某不惟同民之思,乃遨游湖海,而故人戀戀,尤所不能忘者。别後,聞公以賢勞得謗,遂爾棄官。然世路險巇,自古已然,自我公視之,其去留何足芥蒂。惟萋菲貝錦,在知公者,不能不爲之慨歎耳。

舍侄某爲小吏於公之桑梓,而我公以舊治之子弟,愛而教之,來書縷縷言我公相念之情。顧某犬馬之齒甚衰,而五嶽之志尚存,惟宣城爲謝玄暉之游趾,倘我公不忘故人,則宛溪水上,當奉軒車以游,共尋古人遺迹,尤爲一時勝事。但恨黄孔昭久不在人間世,而儔侶云稀耳。舍侄奚僮行,附此以訊。

與蘇弼垣主政書

去秋别足下，便歸山中，遂爲白雲所留。及再入郡，則足下已入京矣，恨不及與稚孝餞之東郊，同賦《驪駒》也。每憶中歲時，曾與誠齋觀察公相執手爲文字意氣交。僕之官江州也，則公所贈言盈軸焉。顧其言猶在，而觀察公不在人間世矣。乃今足下不忘舊誼，弗以僕爲老，呼與稚孝相倡和，此義今人絶不講，而足下念之。足下肅將天子之命，自宜不遑啓處，而僕之白駒空谷，又安敢金玉其音耶？鴻便附問，不盡所云。

與劉國夏孝廉書

去冬以李明府之招，借榻梵天匝月。踰朔，登輪山之巔，既盡覽同魚之勝，見足下又喜聞大雅之談，自謂不孤此游。歸山便是除夕，開春兀坐山齋，老懷索然。兹入郡城，復值李明府北上改官。人生浮沉聚散，其蹤迹如此，可歎也，乃足下所目睹。即如孔明“澹泊明志，寧静致遠”之云，今人悦春華而棄秋實，能知者蓋鮮。歸對郡中二三君子，未嘗不擊節斯談，而慕足下之爲人也。勉之，大丈夫事業在足下矣。

鹿門陳君者，晉陵高士也。其雅道可尚，建安之際，大曆以還，其格調聲響，殆可相擬，黄孔昭在日，所素推與者。今將南游，問郡中高品，僕以足下對，故心慕，如願見焉，足下試與之一談，如何？世降音希，論風雅實難。曾與游清源，宿歐陽行周書室，汎舟九日，當有詩，云欲至足下寫寄。足下宜速之，勿令虚往也。

與李膺平書

去冬再得足下書，知不欲入成均，然已裒然首出，爲一時名士所知，海内士得一字一言，如隋珠、和璧，執此應京兆鄉試，當以先聲勝矣。而長君游郡校，多士如雲，試輒高等，此豈偶得！而次君以一經爲邑弟子先，其志固在千里也。一疾甚苦，天實佑之，且有舉男之祥，皆足下家慶，故具以聞。

謝雲陽觀察書

某不到省近十年,以使君之招,得乘傳而至,下榻鍾山,將及兩月,即連旬陰雨,珠粒桂薪,而忘其在客,則以主人翁在也。又自念平原十日之飲非文字,而華池與應、劉諸子相倡酧,執分猶未忘也。乃如十一月十日之燕,主合群公,賓惟一老,雖《小雅·南山有臺》之宴,未有如斯日者。而使君又以温陵舊愛,并州繫情,臨别再三顧復,安能不圖報稱耶?渡峽而南,抵家兩旦,即是除夕,登堂讀使君相祝詩,宛如躬侍左右,而醉霞觴,又不覺草廬間有星斗相炳照,蓋與兒輩相顧騰歡者久之。但計使君旦暮遷轉,聞報即行,因命豚兒代致區區,臨風無任瞻企。

上開府中承近華朱公書

某以相公千里神交,去歲曾冒暑而至省門,冀覯顔面,值相公闔門謝病,夕上疏,而朝發芋江之上,一帆風送,烟水茫茫,但臨流悵望而已。乃聖天子以閩中爲東西山海之奥,璽書就家起爲御史中丞,撫鎮之。顧滇南在萬里外,半載乃至軍門。惟是部臺位尊勢絶,山林人自宜避去,非若向在藩省時也。又自念犬馬之齒八十有四,耄矣。辱相公之知,雖不敢越分援攀,獨不當少布區區之忱於左右乎?乃遣豚兒某將尺一之書以進,惟相公昆海浴霞,太白孕秀。其神明内朗,於物之妍媸、情之誠僞,無不盡察;標儀獨樹,於風之雅俗,品之高下,無不盡發。以此馭吏,則諸司畫一以臨戎,則列校用命。又知相公不徒察察爲明,而且以耿耿爲量,一誠應物,萬有皆照,即其開府我閩者如此,他日以相天子,亦用此道矣。將見君子在朝,衆賢必至,鳳凰出而百鳥和鳴,此亦理之必然,而非爲諛也。野人之談,惟相公擇焉。五言排律詩三十韻見意,並乞賜教。

答陳還沖憲伯書

某長野林鹿,惟豐草是甘,至見旌旗,聞鼓鉦,則驚而奔突矣。惟公總憲臬司,霜風凜若,薰布陽春,《詩》稱萬邦之憲,則我公其人矣。去冬,以李洛原索詩壽尊封君,獲附片詞,則向之驚而奔突者,轉爲雀喜而躍矣。而詞之蕪穢,書之醜惡,殊無足取。乃謂厠于元、白之列,游于二王之門,則豈敢當。

謝徐參政匡嶽書

去冬,承嘉招至省,值使車往來莆中,雖不得從容侍教,然疊辱賜饋,客膳不乏,猶家食矣。歸來山中,日誦問答之章,如侍講席,孰謂烟霞間人,不足聞道耶?兹者,觀察高使君,用諸公祖雅情,移文製扁,懸之茅宇,鴻名儼然在列,乃博雅君子之稱,則安敢當,然亦不敢以老自棄。某惟此心,只是一中。思無邪則正,而雅是中之用也。學不疏則該而博,是中之物也。以此而成君子,孔子所謂吾不得而見者也。其在今日,非匡嶽先生乎!某雖老,猶願以此義就正於有道之門。久而未遷,教被我閩者,益弘且遠,先生豈以留滯縈胸臆哉!謬爲近體詩一首以謝,亦足見某之素心,惟大雅正之。

答朱近華公書

某聞:古有一言而下堂執手者,有傾蓋於途如故人者,有千里神交而形迹之未及者,此必有所感,非徒然也。明公當世傑人,爲吾閩藩伯,去歲巡行,南過温陵,某山林老農也,不敢以野人之服謁見。乃郭北洲先生之子自省歸,辱明公枉尺書,有歉焉未及式廬之意。某於明公未及語於堂下也,非傾蓋於途也,惟於風咏中有一言之幾乎道,乃神交於千里,此豈可與世俗道哉!兹者出山,迢遞來謁,以答明公未遂式廬之意耳。夫古人所以不枉見諸侯者,嫌於干禄也。某謝仕將二十年,年八十有二矣,干禄非吾事也。明公感某之一言,而某亦以懷明公一言之感,於是乎來。

祭　文

祭蕭岐陽文

是歲九月某日,中憲大夫、兩淮轉運使岐陽蕭明仲兄以疾卒於家,友人顔廷渠自桃源走百里束芻以奠,爲辭以哀之曰:嗚呼傷哉!明仲其舍我而逝乎!孰非朋友,相知實難。知予不信,未見肺肝。明仲於予,握手可見。匪如衆人,但見其面。兄才超邁,蚤有蜚聲。予齒則長,行能何稱。顧獨謂予,非今而古。辭從心發,行非色取。以此相信,堅於金石。四十餘年,有如一日。兄成進士,予亦就官。遂爾東西,相望雲端。大江之西,偶一邂逅。情見於辭,猶在懷袖。予既投散,兄亦升沉。自粤入蜀,寥寥其音。予去岷國,兄還舊職。出處之間,邈不相及。汗漫之游,志在五嶽。偶會都門,如有心約。十年之别,一見咨嗟。邸第相過,如行赴家。兩淮轉運,持法得毁。如火爍金,以此貽累。天子放歸,恩波浩蕩。奉親餘年,朝夕以養。是謂至樂,云胡不歡?予來相賀,匪唁解官。天倪謂何,可知兄志。尚期林壑,共成斯致。胡然一疾,溘然長往。辱在兄弟,義生感愴。惠子不作,誰知我心。鍾期已矣,山高水深。

祭大中丞朱四還公文

某徂暑之月,辭公還山,曾未幾日,忽聞哀訃,初疑而驚,既信乃哭。嗚呼哀哉!嘗言老人哭無淚,胡今哭公而獨潸然?念惟跧伏巖穴,去大中丞開府,如隔雲霄,不惟介紹無從,抑亦堂序自絶。惟同聲不殊乎貴賤,神交無間於遐邇,是以式廬之懷,寄於尺書;嘉會之期,訂於曩日。顧麋鹿猶戀長林,乃公則未見而思,既覯而喜,已適館而授餐,復依几而登筵。尊之以上賓,隆之以饋酢。問但及乎耕桑,談不離乎風雅。寓三老之意於獻酬,懸五嶽之思於樽俎。此公志之所存,蓋難與世俗道也。若夫《意箋》制序,少陵之遺韻可尋;高士表宅,孟堅之物論攸别。公今不作矣,語在耳而若提,情置腹而尚飽。感翟公書門之言,效孺子束芻之義。千里來奔,不自禁其涕之沾襟也。尚擬圖公像,歸供草堂,朝夕瞻對,如公生存。及公胤子在襁者二歲,遺腹者未彌月,他日象賢,亦云有子。倘念我公撫閫時,有客龐眉皓髮若某者,尚考斯文。

祭總憲高青崖公文

某聞公武林之訃,淚潸潸下,即欲效孺子誼,走二千里哭公,顧耄年筋力既衰，不堪跋涉，又乏將命之僕，故遲至今，嗟夫傷哉！去年初夏，公當奉表賀萬壽，某則出山送公，與劉公可都諫、何稚孝儀部餞公於洛陽橋，公酒無量而情無盡也。登車秉炬，星光燈火交映在道，詎知此別即爲永别耶？嗟夫，傷哉！夫士論交，上而千古，下而當世，有一人焉，趣同義契，則無幽顯，無老少，此古之道，而今焉有哉！某跧伏林壑，地幽矣；初見公時，年八十，身老矣；三山執手，知新矣。公等野人於君子，視傾蓋如平生，尊耄耆如蓍蔡。詹詹之言，公不謂細。盱盱之行，公不謂迂。墨汁淋漓，公不謂汙。瓦缶下音，公不謂質。我有子弟，自公教之。我有蓬蓽，自公表之。相見無一言，相別必見思。如此者，豈與世俗論哉？鍾期已矣，山水無音。嗟今之人，疇昔我心。閩山浙水（以下原板缺）

祭武安王文代

惟公誕生漢季，爲古人傑。明《春秋》之□義，備君臣之盛節。行陣生乎風雲，精忠貫於日月。震威華夏，未就匡復之勳；游神帝庭，有赫靈明之闕。風騎騰於空中，雲旗見於天末。河池著異，祥符加秩。道匪幽明之殊，祀無遐邇之别。非公總明天與信義素結，安能不待生存，不隨死滅？某生也同辰，志罔敢越。夢寐恒睹乎威嚴，祝詞必告於休吉。念守郡之伊始，懼修紀之或缺。爰偕僚吏，奠此芳潔。惟郡有邊疆之守，與夫戎兵之詰，非藉公靈，何以衝折？邦其永寧，無事撻伐。尚享！

祭輔國將軍智泉宗侯文

於惟賢侯，胄出岷康。黎山開郡，奕世其昌。賢侯分封，章服煌煌。傳云世禄，鮮克由禮。驕則失人，侈則失己。侯獨不然，考祥視履。明以燭事，哲以察幾。温温其恭，富貴不知。用保禄位，以有今兹。年惟中身，嗣世有子。厚德振振，螽斯麟趾。箕疇五福，庶幾備矣。日月告凶，將歸斧堂。挽以薤歌，爲之永傷。絜酒煮雞，以薦芬芳。

祭林思虞文

萬曆九年七月十四日，林思虞卒武岡。越明年五月七日，乃克歸其櫬。其姻友岷左長史顔某，送之江滸，酹之酒而告之曰：君之平生，迹無浪游，胡爲乎來至武岡耶？凡人之游，匪名繄利，何適其適，游仁智耶？既越楚山，復涉湘流。來方夏初，忽早秋耶？君之旋歸，高堂有母，游不可遠，留豈可久耶？胡造物者，爲君荼毒，既醫且祝，竟爾不穀耶？嗚呼！君生何爲，君死何惡，東西南北，寧不有數耶？蕭蕭山寺，旅櫬棲遲，晨鐘暮鼓，佛力持耶？君無壯子，不能來奔。載歷寒暑，乃歸君魂，君與魂耶？有舟在河，有輿在陸，循其古道，魂無驚愕耶？君有新宅，於仙之廓，君莫復戀，還故族耶。老母寡妻，幼子孤兒，哭君於房，奠君於堂。行道之人，聞之爲傷耶。矧予與君，朋友戚姻，來既予因，歸不沾巾耶。

祭常郡守行吾張翁墓文

惟萬曆二年，歲次甲戌，十一月辛未朔，越二十三日癸巳，女婿顔某敢昭告於明中憲大夫、常州府知府外父行吾張公暨贈恭人黄母之墓曰：往歲靈車，並歸幽宫。某從事江州，羈於職守，不能共執紼之役，感春秋之倏更，悵幽明之永隔，撫今思昔，瞻依莫從！飛鳥迴朔，尚有悲號之聲，况在小子，能不潸然泣下。醴核不克，生芻告潔。

祭封太恭人宋母文代

思媚維婦，思齊維母。婦以夫榮，母以子右。是爲福德，備斯實難。介以遐齡，庭闈之歡。於維恭人，名家士女。歸於大宗，敬執筐筥。君子於仕，内相攸宜。爲名御史，不詭以隨。忤於逆璫，再斥復起。歷官臬藩，知幾而止。優游林壑，白首與偕。大夫先逝，霜露是懷。爰有令子，克紹芳軌。爲是家駒，一日千里。東郡秉憲，夙有令聞。爲司寇屬，式遵虞皋。左遷非罪，朋儕咸愕。徘徊偃蹇，道直行獨。母曰君命，何往不可。子曰母安，奚恤官左。方歌燕喜，遽爲告終。歸從先塋，大夫之封。某昔也在署，與郎同舍，並轡聯鑣，不懈夙夜。叨守兹郡，爲桑與梓。鬱鬱新阡，不能躬履。具此芳潔，祇薦影堂。爲通家故，奠以斯章。嗚呼哀哉！尚享。

祭户部尚書胡雅齋公文代

天生豪傑，與凡民異。匪厚其身，將以輔世。世既賴公，宜公永年。壽不滿德，理胡不然。地官之長，所統惟民。厚生阜財，與民相因。公之視國，何異於家。其視百姓，同胞匪他。小物克勤，無縱繩尺。以之率屬，莫不舉職。公之樸忠，匪自今兹。筮仕以來，不恤其私。文部司銓，常伯清紀。開府秉憲，亞卿貳理。中歸丘樊，養疴十載。天子念之，虚位以待。公至入面，有如故人。出而就列，夙夜效勤。朝野屬望，實惟我公。臺垣鼎鉉，匪公孰崇。胡然一疾，而遽長逝。天子悼之，撤樂錫祭。朋友告誄，有司載奔。丹旐遥遥，將還公魂。念某兄弟，同爲公屬。不謂如石，而謂如玉。我教爾誨，耳提面命。追之琢之，如親子侄。某以菲才，趨役滸墅。聞訃飭悲，有淚如雨。拘於職守，不能北征。作此哀章，以寫微誠。臨風揮灑，爲哭所知。寸心萬里，神與俱馳。

祭太學士太師張太岳公文代

古之元輔，伊摯姬公。姬則懿親，摯會其逢。彼皆聖賢，持衡負扆。吁嗟我公，異代同理。繄昔肅皇，江漢毓神。入繼大統，中國聖人。公生其時，年方少小。景星慶雲，見於天表。有識公者，自彼塵埃。廟堂柱石，惟公楚材。遂登金馬，青宫賓友。穆宗御宇，股肱元首。大行天升，憑几顧命。輔我沖皇，敬養二聖。帝之視公，如父與師。公之視帝，忘家與軀。帝鑒有圖，國典載録。德協一人，風動萬國。求賢若渴，視民如傷。田均役省，法一政康。於兹十載，九夷賓貢。兵革不用，太平可頌。親非叔父，任重阿衡。君臣之遇，孰如公榮。胡然一疾，溘爾長逝。上臺夜晦，四海出涕。帝尤哀悼，撤樂停封。錫奠賜誄，情文加隆。某先伯兄，昔列卿貳。公曾握手，友以道義。某也不才，青忝於藍。公推兄愛,俾守邵南。去荆千里,羈職莫奔。走吏以酹,莫知所云。牲不掩豆,詞不盈楮。藉以告哀,靈其鑒止。

祭錢太夫人文代

楩楠之木,厥有本根。江河之流,其源混混。惟太孺人,克相君子。既雍以穆,令德是與。篤生偉人,爲世麟凰。有華其文,黼黻玄黄。侃侃立朝,殿中執法。持斧南巡,荆楚是達。察隱揚明,懿義求莫。奉若天道,惠此南國。方徹省闈,聞訃載奔。終天之痛,大義爲君。念惟母德,教深澤遠。褒封日崇,何福不滿。某叨守遐郡,復聯里閈。屬吏鄉情,何間戚疏。不能登堂,以有職羈。臨風遥拜,誄以此辭。

祭唐太夫人文代

《詩》咏母德,惟曰思齊。達之古今,其道可推。惟備斯道,成之者遠。胎教蒙端,德就名顯。惟太恭人,出自名家。配於君子,穆穆其嘉。篤生賢嗣,九苞雛鳳。羽儀於朝,宇内所望。昔巡西粤,凛凛霜風。選士於鄉,出於至公。觀察南滁,憲紀齋肅。千里遠近,冰凝日燠。方聞母年,猶壽且康。何遽凶訃,永寐北堂。某於觀察,分臨誼雅。或爲治民,或出門下。若母猶母,聞之增悲。欲奠雞絮,羈職莫之。臨風致詞,少陳衷素。身雖不作,神已先路。所用慰母,重恩薦至。一品夫人,黄焚泉賁。

祭封安人孫母文

《詩》咏燕喜,曰惟壽母。惟德乃永,不爲徒久。亦云有子,匪在榮貴。無忝所生,孝在錫類。于惟安人,敬慎且慈。一門之内,無所不宜。胡不百年,而享期頤。粲粲令子,仁賢是與。敦實藝書,遂成名士。胡不登庸,以媚天子。昔領鄉書,爲母就禄。鄉校國學,一皆可師。轉司曹務,歷署秋官。遵母之訓,多所平反。出參西粤,母命以趨。貳憲於蜀,豈不母思。簡書則嚴,欲歸不得。黽勉供命，有涙沾臆。何以慰母，惟有褒封。雖云離愛，音問則通。萬里聞訃，憾無雙翅。終天之哀，五内崩地。某義爲朋友，分則兄弟。生而登堂，没奠兩楹。詞雖不文，於中則誠。

祭婿陳以贊文

是月四日，吾婿以贊卒，時予在郡城，訃至，乃趨歸，哭於次，爲題其旌曰：明雋士以贊陳氏子之柩。且爲文以告之曰：嗟嗟以贊，予其忍題旌哉！去年，汝與吾兒讀書臨漳門。其秋，乃群試於有司。既試，而汝疾作扶歸，或卧或起。當其起時，予爲汝喜。及其卧時，猶謂復起。卧而不起，嗚呼已矣，命也奈何！凡人之生，譬於草木，或爲蓂靈，或爲芝菌，雖受命於天者有修短，而歸於盡則無彼此之殊。達人安命，斯亦不足較矣。惟汝恬默好修，不爲俗移，其天資與道爲近，而其潛心力學，精研其詞，又足以致身而無難，乃竟齎志以没。譬之良璧沉淵，明珠瓦毁，希世之珍，爲造物所忌。嗟嗟以贊，何其植於性者豐，而植其數者薄耶？矧二世寡母，垂泣一堂，二孤髫齔，煢煢在疚，汝於九泉，安能瞑目？惟仁者之有後，乃自古而云然，子淵之後，實永其傳。汝之不死，可稽斯文。

祭楊椒山公文

事君盡命，臣道之極。去邪擊奸，於義尤急。諤諤之言，明主能受。耿耿之忠，奸臣動色。烈熾難犯，履虎則咥。自昔已然，危機莫測。非齊死生於一途，孰不然而自失。嗟嗟楊公，天與正直。結髪從仕，乃心王室。馬市一疏，言皆石畫。忤於逆鸞，遂爾遠謫。爲尉邊縣，孜孜奉職。天子明聖，如日之白。一歲四遷，孰云不亟。時值天變，履端日食。職竟伊何，時宰匪弼。人人結舌，咸懼禍適。惟公奮身，矢口排斥。欲肆之朝，以儆罔極。奸嵩甘心，黨與羅織。致公於獄，百死一息。顛沛荼毒，堅忍益力。神猶呵護，人胡不惜。竟赴西市，含笑就殛。視死如歸，臣極已立。天道甚彰，鸞夷嵩革。穆廟初載，錫謚贈秩。録及公嗣，兼賜祠額。旌忠示世，鎸碑誄德。

祭大學士馬乾庵公文

天之生賢,將以輔世。或嶽降精,或星儲異。惟公之生,亦復如是。公在關西,聞望攸歸。首解於鄉,遂擢禮闈。讀書中秘,列宿同輝。國史是掌,爰有直筆。青宮是職,爰有輔益。逮於龍飛,實光聖德。惟時元老,作爲帝鑒。事以詞叙,迹以圖見。公爲講官,考究成憲。爲大司成,率人以身。爲大宗伯,夙夜惟寅。肅肅大祀,惟公相之。皇皇大婚,惟公主之。晉爲公孤,中參五嶽。昌言屢陳,忠貞益篤。胡天不吊,奪公之速。訃音忽聞,帝爲哀恫。謂舊官僚,莫如公忠。賜祭與葬,禮秩增崇。太常議謚,出於至公。惟公之生,斯道攸關。巍然獨立,如斗如山。爲范文正,爲陸忠宣。相業儒術,先後齊班。某自束髮,挹公德芳。矧家兄長,授業門牆。通家之好,私淑不忘。忝爲郡吏,才薄力微。仰承教誨,式爲依歸。今公逝矣,有淚雙垂。奔則不能,誄之文藻。靈輌西歸,拜公道左。

祭大中丞陳玉泉公文

古之君子,坦坦直道。胡今之人,悻焉自好。莊生有言,名爲實賓。苟務其名,遂喪其真。惟公之生,天與樸忠。其明内朗,其誠外通。爲民父母,豈弟樂只。及司風紀,爲真御史。廷尉惟平,開府惟城。亞卿尚書,北斗同傾。以阜民財,國賦是成。引年以歸,林泉高卧。今上御宇,謂公大老。起典樞要,而忝六卿。共執國政,先民是程。其穆如風,其屹如山。紀綱之言,永不可刻。復乞骸骨,以終餘年。帝用憐之,賜歸里田。謂宜永視,爲國蓍龜。胡爾長往,而不憖遺。訃音馳聞,帝爲撤樂。議以贈謚,素履何怍。緬惟古風,與公俱逝。道猶未喪,庶幾可繼。公窆何日,不能執紼。馳詞以薦,靈其仿佛。

祭沈處士文

古之君子,道立心淑。潛見不同,各適而足。高不近名,貞不絶俗。或棲遲於金馬,或混迹於麋鹿。或爲吏於漆園,或考盤於澗谷。嗟嗟先生,魚臺舊族。不慕仕進,志存丘壑。爲聖世之逸民,而嗣往古之芳躅。名既不取於當時,身亦何有於榮辱。以仁義而遺安,以忠信而履約。其無憂者,則有子承家。其最快者,則東牀坦腹。歸來自東,行李一束。念兒女之遠違,喜鸞誥之横輻。定省久曠,於兹萬福。豈意一疾,遽爾殂落。雖非故鄉,亦云有託。返櫬首丘,道出南郭。送者如雲,車馬相續。某等吏隱於兹,郡公下屬。及聞高風,感衷觸目。酹此一觴,摛詞侑酌。嗚呼哀哉! 尚享。

祭都御史孫聯泉公文

君子之道,惟出與處。出以濟時,處亦安止。苟爲不然,與衆庶同。進退無據,是謂道窮。嗟嗟孫公,少負才雋。早登制科,遂理名郡。克慎庶獄,以情處法。神明之譽,馳於帝闕。帝曰能賢,擢爲侍御。蹇蹇諤諤,立於朝著。一時風裁,莫之或先。遂拜廷尉,於張齊肩。出爲開府,以制犬羊。不戰而遁,威震邊疆。入佐内臺,爲卿之貳。綱維六曹,以定國是。惟時河決,於彼南徐。轉漕爲艱,帝獨憂虞。督理之命,出自宸衷。公至河壖,順道之東。方期底績,衆議紛嘩。遽退不仕,良用咨嗟。閉户謝事,開逕蒔菊。親朋日會,壺觴共酌。有詩和陶,累數十編。視蘇長公,異世同然。論公出處,於道無負。冀復柄用,胡遽聞訃。扼腕傷悼,有淚交流。寓詞以奠,薦此醪羞。

祭都御史孫聯泉公文代兵憲王公作

古之大臣,以道事主。道合則進,時違則止。翟之書門,猶憤世情。范之去國,不用其名。出處之際,是惟君子。吁嗟乎公,進退容與。公少有文,燁爲國華。遂登進士,用以起家。初佐於郡,惟法是理。入居臺端,爲真御史。御史有聲,廷尉惟平。榆林開府,允作長城。惟時東南,徐沛河決。轉漕道塞,《瓠子歌》發。時公在西,帝惟公求。公至不遲,欲復故流。厥功未終,衆議喧嘩。公避賢路,退居於家。開園城北,名擬"後樂"。和陶有作,角巾獨灑。惟公之先,本自河中。爰以甲胄，受此侯封。以至於公，縉紳朝佇。某實後進，忝在桑梓。我自東臯，觀察於兹。登公之堂，挹其德儀。公年未衰，公力有爲。世方用我，胡遽長違。我聞公訃，爲之傷悼。匪惟里人，爲國太老。有肉在豆，有酒在尊。式陳明薦，靈其如存。

祭傅都督夫人文

於惟夫人，秉坤之貞。既静且專，四德夙成。秀毓勳門，好逑君子。御以琴瑟，雜佩容與。君子之才，勇冠萬夫。兼涉文史，而究孫吴。一試入彀，名登進士。遂握强兵，備守邊事。爲游爲參，爲副總兵。仗劍掛印，威武有聲。養疴闔門，猶不自逸。起坐京營，矯矯翼翼。帝謂三關，京西門户。爾守斯鎮，爲朕都護。臺障連雲，士馬如飛。醜虜自遁，閑獵以歸。帝謂都護，朕之手足。勤勞於外，其賜爾玉。伊誰云助，實有令妻。誥封夫人，一品與齊。都護制外，夫人佐内。翟冠霞帔，足以敵貴。亦有嗣郎，虎躍龍驤。助之既遠，成之復長。如斯賢德，壽以永年。胡不百歲，溘爾長眠。某等辱在屬吏，禮宜駿奔。靈車將歸，告以斯文。生芻一束，馨香有聞！

祭傅都督夫人文代李清宛作

夫人之生，出自將門，而婉娩柔順者，其天性也。夫人于歸，配德君子，而雍睦祗敬者，其刑於也。聞雞而興，待旦而往，將翺將翔，以勤乃事者，其交儆也。桓桓都護，登壇受鉞，而無内顧憂者，夫人之助也。鳳誥寵膺，一品敵貴，而冠翠帶玉者，夫人之榮也。公子振振，鷹揚豹變，克肖乃父者，夫人之教也。德比福並，與君子皓首而偕者，夫人之教而家人之祝也。乃修短不齊，年踰五旬，委珥辭帷，而先逝者，都護之慼而孝子之哀也。某叨試兹邑，黽敏吏事，而境内無虞者，則都護之賜，而於夫人之歸，恨不能以執紼也。束帛瓣香，聊以告虔。

祭廣城劉少參文代

於惟先生，爲時名賢。起家進士，武廟末年。初仕郡縣，不涉要津。恪守三事，節愛在民。入典刑曹，讞疑平反。持法不撓，惟情之安。出僉陜憲，轉參湖嶽。風紀是司，屏翰是托。備諸飭戎，張馳咸宜。殲寇宥從，恩威並施。當宁褒功，金幣薦錫。樞衡虛位，指日顯陟。惟公毅方，頗忤於時。有憾公者，飛語中之。投閑以居，林卧觀化。是非罔聞，親朋共話。惟時公子，嗣登青雲。未究之業，並付後昆。茹芝餌黄，精完性葆。悠然自適，以享壽考。我撫京西，入境問俗。欽仰先生，過門停轂。有道之容，幸幸覯親。未幾相見，遂返其真。聞訃驚悼，謂喪耆舊。虔修一奠，馳官以酹。躬不能赴，實有職羈。作此哀詞，以附銘詩。

祭封少師大學士張公文代馬主政作

惟大封君，天與樸誠。如玉在璞，韜光含精。優游聖世，盛德莫名。岳神攸降，哲人肇生。實鍾間氣，名世之英。道宗江漢，文爲世程。從容翰苑，晉陟樞衡。顧命是托，師保在廷。社稷之故，負荷匪輕。於兹六載，海宇攸寧。爲伊爲周，今昔同聲。溯厥所由，孰啓孰承。皇情斯眷，褒寵薦膺。封秩愈崇，一何尊榮。胡棄鼎養，觀化冥冥。哀訃遠聞，天子悼驚。爰命中使，是襄是營。五壇錫奠，恤典有增。惟時臣子，感泣涕零。乞歸不可，五内俱崩。勉趨閣事，禮以權行。迨至於今，嘉禮聿成。詔許視窆，光賁幽明。靈乎何恨，含笑九京。既窆還朝，亦有嚴程。彤幃密勿，共濟太平。矧有聞孫，玉署嗣登。世羨克濟，引引繩繩。身後之慶，益遠以宏。某里閈小子，世誼有盟。禮宜執紼，羈職莫能。依稀素幔，仿佛丹旌。臨風致詞，絜酒馳傾。靈其如在，鑒此微馨。

祭封君李望華公文

於惟封君，樂義好施，闇以修兮。卧雲釣月，澹無求兮。内養真純，逍遥游兮。子方强仕，心何憂兮。封以大夫，殊品流兮。既耋而耄，杖以鳩兮。生飲於鄉，齒德優兮。没祭於社，春以秋兮。郡公德政，洽以周兮。公儀子産，可與儔兮。遘兹大故，制不可留兮。載馳載奔，望故丘兮。不能執紼，道阻修兮。悠悠之情,何能酬兮。生芻一束,爲靈羞兮。

行　狀

先考曲周令約齋府君行狀

考諱溥,字源明,别號約齋,世居永春之上場。其先蓋出自兖國公,五季之世曰仁鬱、仁賢、仁貴,偕仕閩,而仁鬱爲歸德場長官,有惠政,没而歸德人神祀之。宋乾道間,敕封忠應侯,進孚祐王。仁鬱之九世孫曰域者,在秘書時,與吴獵、項安世上言姜特立不可召,後官至工部尚書。曰槦者,知梅州,死守全城,俱見志。國朝曰隆者,爲吉安推官,能抑貴强,用王文貞、王文端二公薦擢河南按察僉事。兄曰孟,德行克冠於鄉,初行鄉飲酒禮,時居賓筵,稱大賓。公生温然公惟讓,温然公生恕庵公岱,恕庵公生真率公鎮,皆有潛德。真率公娶吴,實生公。

公賦性温醇,擇地而履,口不妄發言,童年但學書計,既娶,始發憤力學,治《詩》,補增廣生。外舅清溪李節推翠巖公,勸與其子對入太學卒業。家居益親師友,務爲躬行,不徒以文辭爲工。嘉靖己丑,授連州判官,涖事敬慎,臨下以至誠,尤喜禮士,士民咸愛慕之。督糧有期,不用敲撲,而軍需亦未嘗告乏。署州事,值年荒,請有司發粟賑貸,存活甚衆。嘗視連山,其縣徭獞雜處,庠弟子員皆州人補之,有徭人子,頗習章句,即白督學林次崖公,試而廩之,謂能用夏變夷。州南論富等鄉,多四會、龍巖流民耕作。撫州商人利其貸息,取償數倍,至估折其妻子。流民苦之,聚衆爲亂,號"貧難盜",欲盡殺撫商人。撫商人奔入城,盜擁衆至城下,州守諭不退,聲言必顔西衙來撫我,得一言而解。公曰:"若等皆吾赤子,誠不得已至此。"飛蓋出城,盜皆投戈迎拜,泣曰:"願父母生我輩也。"因出懷中狀,具言致變之由。公諭以逆順禍福,且曰:"汝第退,我爲汝訴制府。"撫商懼,欲賄寢其狀。公麾卻之曰:"毋我汙,我爲州官,有變,當以實聞。"乃訊所致變者由商人,商人欲牽連公。乃制府廉知公無他,一聽公安撫之。盜感公恩信,終公在連日,退耕山谷,無復出者。癸巳,丁母憂,去。連峒賊蜂起,百姓騷然,益思公矣。公起復,仍得連。連人相賀曰:"不意今日復見我父母。"公益憐之,凡可以佑百姓者,輒白於守,即不得,亦曲爲之便,民尤德於公。庚子,考六年滿,舟發河上,百姓曰:"嘻,顔佛去歸矣!"沿河相送,皆泣下。蓋連人素以佛稱公,而鄉語號"歸"曰"去歸"也。

公便道抵家,奚囊肅然。家人曰:"何以遺後人?"曰:"寸心正以遺之。"未抵京,已遷曲周縣,偶患風未瘥,而公亦倦於出矣。山有魁星巖,公時與朋舊,杖履登眺,怡然自老。遇田夫野叟,輒與話水旱勤苦,略無猜者。身爲顔氏宗子,惟以修明宗譜爲事。蓋自太學歸省時,已取僉事隆公所輯譜,重加釐整,至是凡幾易稿,始克成牒,遠近支派,粲然明備。又以身表率族人,奉先盡孝,每朔望,詣祠堂,必親拂神櫝,然後焚香肅拜。忌辰祭享,視羞陳器。上先塋,則手薙宿草,雖子侄童僕足供服役,然亦必躬執之,乃有如此者,老弗懈。縣學宫舊在和風里官田市,後遷舊治,再遷白馬上下,而官田廢基,久已屬公,受産爲業矣。及南海羅侯議遷復官田,舉白馬廢基易官田。公請以墾爲田,歲入租百石,資學宫,不爲己私。督學朱鎮山公義其舉,而羅侯爲之記,刻石廟門,此皆其大者。公平生接人,無小大,必以禮見。人有患苦顛連者,惻然形於色,必思以濟之。而心地坦然,有拂己事,過則已,無少芥蒂,故人無不愛敬公。庚申,避寇客泉城,自知天年將盡,手録文公送終家禮數條,令毋飯僧。集小學諸書格言,遺誡子孫。未屬壙數日,此書尚不釋手。

公成化己亥年十二月十三日卯時生,以嘉靖壬戌七月六日卒於留氏榕山書舍,享壽八十有四,葬本里龜山,去始祖塋百武。將葬,具狀乞銘於大方伯象川林先生,不敢溢,亦不敢欺,幸採録焉。

墓　志

張黄二安人墓壙志

顔子廷榘,元配張氏,續配黄氏,醮吾巹也,死吾殯也,葬吾志也,傷哉,吾忍志二室之壙哉？吾生也晚，先府君謂先孺人曰："爲兒擇婦，必年敵，庶得孫易。"初議黄，謂必待年乃聘。張年敵也，歸余踰年，亡，竟續黄。黄之歸余也，中身而亡。然皆賢而皆無子，有子，皆側室出也，而皆不及事二母，傷哉，吾何忍志二室哉？

張氏，常郡太守張公諱志選長女，以生年在寅，名寅姜。公愛之，常擁諸膝。其令諸暨也，携以往，歸而嫁於余也。其母黄宜人。辭帷矣，公視之而涕曰："結縭非而母矣。而母賢也，汝歸必若而母事舅姑與夫子之孝敬，無貽吾憂。"而其語婿則曰："女歸爲士人妻，吾無患矣。"是時府君在仕，而婦事姑依依然，如在其母之膝。而其事余也，踰年未見其有惰慢之色，蓋琴瑟調而紈綺忘矣。所願相與白頭，爲吾種福子之孫，奈何獨嗇其算，天乎，吾何從而問。蓋嫁時年十九，卒年二十也。

黄氏，詩山處士黄公諱素履第六女，名瑞璋，嫁予時處士即世矣。其兄則奉母陳媪醮而字之曰"從一"。而婦則能閑《内則》，誦韓子《董生行》而知大義，故歸能執婦道。其處尊卑、貴賤、戚疏，莫不皆宜。及生男不育，則擇其族人女爲余副。事姑孝謹，姑所愛者亦愛之，姑乳病瘍，佐余迎醫禱祝，如恐不及。予充貢之京，府君病甚，則代予日夜侍，目不交睫。予之游南雍也，以未嗣與予偕往，歸阻寇，滯三山，又滯莆中，寇定而鄉井丘墟，寓郡城三歲，始歸故山。一年之間，荒居蓐食，備歷艱難，而猶黽勉佐予力學。及予判九江，又偕之官。時副室有子矣，愛之猶己出。一日，牙作痛，拔之，破傷，卧半年，竟卒。蓋歸余時年十七，而卒未滿五十。櫬歸鄉里，宗黨莫不爲之嗟悼。予則真如舟之亡舵，悵然莫之所適也。

從一卒後，予以不能媚上，調散大寧，用開府薦遷岷王左史，以老奉詔賜致仕。念生平不屑營家，家之有亡無所問，又喜交游，座常有客，婦則款款以辦，今無復佐予者矣。初，余成張氏婚，於郡城卜宅，張殯在焉。歸櫬家園權厝焉。府君之營首丘也，有虚壙欲以葬張氏，余謂有弟之生母樞在淺土，不可以後。張婦於兒有同穴之義，當别營之，而不意其火於倭，是死者之不幸，予貽之禍也。權以遺骸附君墓石，而黄氏櫬亦依焉。其未克葬，則沿俗擇吉，久而未獲，予之罪也。

附　録

顔廷榘傳

明　黄鳳翔

顔廷榘，字範卿，永春人。嘉靖戊午歲貢，授九江府通判。故當事檄視郡邑篆十餘所，無不舉者。有兵與民哄，當道欲罪民以媚兵，廷榘不肯，三上報而三駁，廷榘三持之，竟以此忤，調大寧都司斷事。遷岷府長史，輔導匡正，王甚重之。廷榘故以詩翰得名，其在九江時，探匡廬、彭蠡諸勝，登眺吟咏，江州人以白司馬呼之。年七十餘，縱遊燕、薊、吴、越間，棲虎丘、泛西湖、登天目，所過洞天福地，留詩紀勝，海内名碩士皆稔其名。年九十三卒。所著有《楚游草》、《燕南寓稿》。

桃陵先生傳

鄭翹松

顔廷榘，字範卿，慕仁里人。父溥，由太學生授連州别駕，民愛之，稱爲“顔佛”。擢曲周知縣，致仕歸。偕侄廷槃，捐地爲學田，卒崇祀鄉賢祠。廷榘嘉靖間，由歲貢授九江通判。耽風雅，公暇携客賦詩，時時探匡廬、彭蠡諸勝，人以白居易比之。屢承檄視郡縣事，無不立辦。會兵與民哄，當道欲罪民以媚兵，廷榘執不可，三上三駁，廷榘堅持之，忤上官意，竟左調大寧都司斷事。挾一蒼頭往，居五年，日以文翰自娱。遷岷府長史，輔導匡正，王甚重之。久之告歸，年七十餘，縱游薊、燕、吴、越間，所過洞天福地，輒留詩紀勝。海内名碩士多與投契。

年九十三卒，與父溥並祀鄉賢。廷榘重孝弟，篤倫紀，既與母弟廷棐中分産，父晚再舉子，廷榘再跪致産券。母李，食梅病酸，終身不忍食梅。爲諸生時，師莆田人吴石渠。吴後客死永春，廷榘舁尸入門，斂之。爲位哭數日，厚賻以歸。自號陋巷生，又曰贅翁，曰桃源漁人，永人稱之曰“桃陵先生”，其墨迹至今寶之。所居魁星山，下有泉，廷榘生而竭，卒前三日忽涌出，人咸異之。同邑黄澄，萬曆間歲貢，文學與廷榘齊名，爲邯鄲知縣，政績亦著，其名輩視廷榘稍前。而同祀鄉賢者，有鄭莊彦、陳嘉謨。

（録自民國《永春縣志》卷十八中）

校點後記

顔廷榘（一五二〇—一六一二），字範卿，明代永春縣始安里（今石鼓鄉桃場村）人。平生安貧樂道，敬恭自持，自號陋巷生，又曰贅翁、桃源漁人，學者稱桃陵先生。嘉靖三十七年（一五五八年）歲貢生，授九江府（今江西九江市）通判，多次代理府、縣事，公正廉明。時有兵民沖突，當道欲加罪於民以媚兵，顔廷榘堅持不可，三次上報卻遭駁回，因忤上司，調大寧都司斷事。一任五年，日以讀書寫字自娱。後遷岷王府長史，輔導匡正，受到岷王器重。年七十餘告歸。

顔廷榘工詩善文，性耽風雅，九江任上，公暇常與客觴詠，探尋匡廬、潯陽諸勝，江州人以白居易比之，呼爲白司馬。後來縱遊海内名山，所過之處，往往揮毫賦詩紀事。著有《杜律意箋》、《楚遊草》、《燕南寓稿》、《叢桂堂全集》，與黄克晦合著有《匡廬唱和集》。

據《四庫全書總目提要》稱，顔廷榘"詩文揮灑千言，頗多率易。其稿亦多散佚，蓋不甚經意於是也。國初，其孫堯揆、曾孫鏽始搜輯遺篇，編爲此篇"，所指即《叢桂堂全集》。

現點校本《顔桃陵全集》，即以四庫全書存目本《叢桂堂全集》文、詩各四卷爲底本，參校民國二十七年（一九三八年）旅居馬六甲的華僑顔鴻祜翻印的《顔桃陵文集》和二十世紀八十年代永春縣志編纂委員會辦公室整理的《叢桂堂全集》。或有錯漏，請方家指正。

編　者

二〇一七年七月

圖書在版編目(CIP)數據

顏桃陵全集 / (明) 顏廷榘著; 楊玲點校. —北京: 商務印書館, 2018

(泉州文庫)

ISBN 978 - 7 - 100 - 15750 - 6

Ⅰ. ①顏… Ⅱ. ①顏… ②楊… Ⅲ. ①中國文學—古典文學—作品綜合集—明代 Ⅳ. ①I214.82

中國版本圖書館 CIP 數據核字(2018)第 015026 號

責任編輯　閻海文

特約審讀　李夢生

顏桃陵全集

(明) 顏廷榘　著

商 務 印 書 館 出 版

(北京王府井大街36號　郵政編碼100710)

商 務 印 書 館 發 行

山東鴻君傑文化發展有限公司印刷

ISBN 978-7-100-15750-6

2018 年 4 月第 1 版　　開本 705×960　1/16

2018 年 4 月第 1 次印刷　　印張 13.5　插頁 2

定價: 68.00 元